ZION-BENTON
PUBLIC LIBRARY DISTRICT
2400 Gabriel, Zion, IL 60099
(847) 872-4680 Youth Services

Los sueños de América

Eduardo González Viaña

Los sueños de América

ALFAGUARA

© Eduardo González Viaña

© 2000, Santillana, S.A.
Av. San Felipe 731, Jesús María
Lima, Perú

© De esta edición:
2001, Santillana USA Publishing Company, Inc.
2105 NW 86th Avenue
Miami, FL 33122
Teléfono: (305) 951-9522
Fax: (305) 463 9066
www.alfaguara.net

Grupo Santillana de Ediciones, S.A.
Torrelaguna 60, 28043 Madrid, España

Aguilar Mexicana de Ediciones S.A. de C.V.
Av. Universidad 767, Colonia del Valle,
México D.F. 03100

Aguilar, Altea, Taurus, Alfaguara S.A.
Beazley 3860. 1437 Buenos Aires

Aguilar Chilena de Ediciones, Ltda.
Dr. Aníbal Ariztía 1444, Providencia, Santiago de Chile

Editorial Santillana, S.A. (ROU)
Javier de Viana 2350, (11200) Montevideo, Uruguay

Santillana S.A.
Prócer Carlos Argüello 228, Asunción, Paraguay

Santillana de Ediciones S.A.
Av. Arce 2333, La Paz, Bolivia

ISBN: 9972-847-04-7
Impreso en Colombia

Cubierta: Sandro Guerrero

Todos los derechos reservados.
Esta publicación no puede ser
reproducida, ni en todo ni en parte,
ni registrada en o transmitida por,
un sistema de recuperación
de información, en ninguna forma
ni por ningún medio, sea mecánico,
fotoquímico, electrónico, magnético,
electroóptico, por fotocopia,
o cualquier otro, sin el permiso previo
por escrito de la editorial.

*A Sarita Colonia, amparo del caminante
y María del Pilar, mi hermana:
ellas saben por qué.*

Índice

El libro de Porfirio	11
La mujer de la frontera	29
Confesión de Florcita	75
La muerte se confiesa	81
Hello, this is Susan in hot line	87
Claudia en el mundo	99
La duración de la eternidad	107
Esta carta se contesta en el cielo	117
Las sombras y las mujeres	133
Página final en el Oeste	149
La invención de París	157
Las nubes y la gente	163
Tango	169
Los sueños de América	175
Siete noches en California	195
Santa Bárbara navega hacia Miami	213
Usted estuvo en San Diego	237
El programa de Dios	245
Esta es tu vida	261

El libro de Porfirio

Cada vez que pensamos en Porfirio, no sabemos qué pensar. Unos dicen que entró a los Estados Unidos por la playa, otros aseguran que por los cerros como la mayoría de nosotros, y hay por fin quienes lo quieren ver volando. Lo ven flotar sobre los cerros de Tijuana. Lo ven esquivar los puestos de radar y tramontar las luces infrarrojas. Lo ven elevarse, ingrávido, por encima de los helicópteros de los gringos. Y lo sienten por fin posarse en tierra a la entrada de San Diego como se posan los ángeles, y así lo ven porque Porfirio es pequeño, peludo, suave, burro por dentro y por fuera y, por más burro que sea, aéreo y leve, tan leve y aéreo que cuando trota va como afirmándose en el suelo, como si se amarrara a la tierra, como si temiera que se lo llevara el viento, y siempre se va, se va, siempre se lo lleva el viento.

Un vecino de la familia Espino nos informa que a Porfirio lo hicieron pasar la línea durante una tormenta de arena un día en que sopló tanto viento que varios cerros mexicanos pasaron la frontera sin exhibir papeles y una fugitiva pareja de novios se perdió sin amparo en los cielos abundantes de California. Pero eso no puede ser cierto porque ni siquiera Dios puede esconder las orejas de don Porfirio cuando Porfirio se pone nervioso, o terco como una mula, o burro como un burro, y avanza por en medio de una tormenta a los Estados Unidos, invisible, transparente, incorpóreo, silencioso, filosófico, pero burro como siempre, y delante de él van sus orejas suaves, peludas y enormes de burro fugitivo.

O tal vez pasaron durante una noche de eclipse. La luna debe haber estado rebotando de un lado al otro lado del cielo hasta meterse por fin dentro de un agujero rojizo, y entonces fue cuando ellos aprovecharon para entrar. Los gringos de la aduana tenían los bigotes dorados por el eclipse, y también el pelo, las cejas y las pestañas, y por todo eso, si vieron pasar las orejas de Porfirio, las vieron bermejas y doradas, y como si volaran, y deben haberlas tomado por mariposas.

Por fin, nada de esto es importante. Lo importante es saber cómo fue que a los Espino se les ocurrió entrar a este país cargando con un burro cuando todos sabemos cuánto pesan el miedo y la pobreza que traemos del otro lado. La verdad es que todos hubiéramos querido traernos el burro, la casa, el reloj público, la cantina y los amigos, pero venir a este país es como morirse, y hay que traer solamente lo que se tiene puesto, además de las esperanzas y las penas.

Quizás fue porque era lo único que tenían los Espino, además del niño Manuel, que debe haber estado de cinco años y no ha de haber querido desprenderse del asno. Acaso sentían o sabían que sin un animal, la familia humana no es buena ni completa como lo dice Dios en la Biblia cuando habla de un tal señor Noé que venteó la tormenta llevándose, además de su mujer y sus hijas, a sus pavos, sus patos, sus chanchitos, sus carneros, sus sueños, el tigre, el león, la mariposa y un elefante que había en el pueblo. Tal vez sea como algunos dicen que los animales dan consejos a los hombres sin que estos se den cuenta, pero en todo caso, en este recuerdo siempre hay una tarde amarilla e incandescente, y caminando por delante de ese color las siluetas de un hombre, una mujer, un niño y Porfirio, a punto de entrar en los Estados Unidos.

Y por eso fue que anduvieron con Porfirio, en las buenas y las malas, los buenos y los malos tiempos de San Diego y Los Ángeles, Paso Robles y San José, San Francisco y Sacramento, Independence y Salem, y en todos estos lugares habrá de suponerse que el burro andaría, como sus patrones, escondido, ilegal y sin papeles. Seguro que en toda esa época el padre y la madre trabajarían desde la madrugada, él en la cosecha de pinos, ella en la fábrica de conservas, hasta que por la noche una luna haragana se los tragaba y los volvía invisibles.

Invisibles tenemos que hacernos todos cuando llegan a visitarnos los agentes de la *migra*, pero lo difícil es imaginar cómo harían los Espino para hacer invisible a Porfirio cuando todos sabemos que la carne de burro no es transparente y, aunque así lo fuera, hay que calcular lo denso que es el miedo y cómo brillan en la noche, hasta delatarse, los ojos de los hombres tristes y de los animales asustados.

Hay que preguntarse cómo hace una familia invisible para vivir en los Estados Unidos y qué papel tiene el burro en todo este cuento, y cuando pensamos en eso, se nos ocurre que un burro es útil porque puede cuidar a un niño mientras los padres trabajan. Entonces viene la cuestión de cómo se hace para esconder a un burro en un país donde las computadoras saben todo lo que usted anda haciendo con su vida, pero cuando pensamos en eso, recordamos que a los Espino, Dios les dio la casa más grande que pudo encontrar en esta comarca.

Se la encontraron allí, junto al río Willamette, por el lado donde descansan cada año los gansos salvajes, y era una casa tan vieja y tan vacía que parecía haber sido abandonada desde los días del Diluvio Universal, y la tomaron porque un abogado defensor de inmigrantes les dijo que en Oregon es legal tomar posesión de las casas abandonadas. En ella, Mario José y María del Pilar ocuparon el cuarto que da a la ventana del oeste, y al Niño le dieron la del oriente. Por su parte, Porfirio, aunque pasara las horas de sol comiendo la grama, dormía, filosofaba y jugaba con Manuelito en un cuarto anexo a la residencia que tal vez en sus buenos tiempos había sido una biblioteca, porque estaba repleto de almanaques y libros acerca de la crianza de pollos. Allí no irían a buscarlo ni la *migra* ni las autoridades municipales porque nunca, ni siquiera en tierra de gringos, se ha hablado de burros bibliotecarios.

Debemos suponer que más tarde, cuando los Espino consiguieron la visa de residencia en los Estados Unidos, también la obtuvo Porfirio que, en vez de animal clandestino, pasó a ser *pet*, como llaman aquí a los animales de la casa. Eso ocurrió hace dos años, cuando se dio la amnistía para inmigrantes ilegales, y, por un milagro de la Virgen, según dijo Mario, la ley los alcanzó a ellos también, quizás porque la Virgen estaba cansada de que sólo cosas feas les ocurrieran. Y la buena suerte les llegó justo en el momento en que el niño Manuel ya se estaba pasando la edad de aprender las primeras letras, o sea que se salvó de ser analfabeto para toda la vida como ha estado ocurriendo con los niños que nacen en California y para su mala suerte, son hijos de mojados.

Y seguro que la escuela le gustó tanto que Manuelito volvió a casa dispuesto a enseñar a leer a su amigo el burro, lo cual no es raro porque las niñas dan de comer a sus muñecas, aunque sí resulta peligroso que los animales aprendan, y parece que ese fue el caso. Por fin, el caso tampoco es extraño si se tiene en cuenta que los burros no pueden escribir porque no tienen manos, ni tampoco hablar porque rebuznan, aunque no hay ley que les impida leer.

Además, aquí nadie está proclamando que el burro realmente aprendiera, pero eso es lo que Manuelito decía, y sus padres fingían creerlo y lo tomaban como un juego inocente; y por eso, todos los días al volver a casa, el niño se metía en el cuarto de Porfirio, abría el libro en la lección que le había enseñado la maestra e iba componiendo palabras, frases y obsesiones, y repetía que esta palabra significa "elefante" y no la vas a olvidar porque la "efe" es una letra alta y jorobada, ni más ni menos que los elefantes en la selva y en la tarde, y la que sigue es "mundo" porque la letra "o" es profunda y alegrona, y esta palabra es "nubes" por oscura y porque parece que siempre se estuviera yendo, y no vas a olvidar la palabra "mar" porque la "eme" se parece a las olas que vienen y a las que van, y la "memoria" se parece al mar y a maría que moría por ver el mar... Y esas palabras, al volver la página, enseñaban a leer, y conducían por la ría del amor sin amparo, de la mar maría que allá arriba de la mar te espero, sin amparo, por la mar, maría. Mamá ama a Manuelito.

Al otro día, Manuelito enseñaba que "luna" es una palabra alargada, y se puede leer y pensar, pero no pronunciar muy a menudo, y mañana te enseñaré que este es el número 2 porque yo siempre he querido que hubiera dos lunas en el cielo y dos campanas en la iglesia, y si te fijas bien, los elefantes se van volando por las nubes y la casa se transforma en barco, y los enamorados pierden la memoria y se pierden en la luna... y Manuelito ama a su mamá, y el humo inunda las páginas que vamos a leer mañana.

Convengamos en que los burros no hablan ni escriben, pero no vemos por qué leer no puede ser una de sus gracias como las que tienen los animales que manejan motocicleta y esos otros que recogen el periódico, pero a los Espino eso les parecía imposible y fingían creerle a Manuelito cuando les hablaba de los avances de su alumno y, como para seguir el juego del niño, fueron un día con él a llamar la atención de Porfirio por no haber estudiado las lecciones con el empeño que se requiere, y lo amenazaron con ponerle orejas de burro si eso volvía a ocurrir y se fueron de la biblioteca sonrientes y cómplices, y tan sólo se sintieron un poco sorprendidos y un tanto incómodos cuando, a la semana siguiente, su *pet* acudió solícito a recoger el periódico de la casa del vecino y se quedó mirándolo una buena media hora como si lo estuviera leyendo.

A todo esto, hay que suponer que Porfirio tampoco compartía las ilusiones de su joven profesor, pero no se lo decía porque los burros no hablan, usted que fuera, y porque no es propio de un pollino bien educado decepcionar a un niño, y por esa razón, asumió la postura de quien está escuchando la clase sin hacer comentarios y se aprendió una mirada seria como la que tienen las personas que o bien no entienden nada, o bien no aguantan la risa.

Si llegó a aprender, él mismo tuvo que ser el primer sorprendido al descubrir que las letras eran realmente las cosas, y que no solamente las representaban, y María se volvía mar y los barcos navegaban sin amparo por la luna.

Pero miraba el libro que el niño había dejado junto al pienso, y no podía creer que las palabras hablaran y quisieran hablar con él para contarle que los barcos descendían por el norte y el sur, y ascendían por el oeste y el oriente. No lo pudo creer hasta que encontró la palabra "casa" y, sin que estuviera su maestro, la identificó con la casa de los Espino, tan bien puestecita y arreglada por la señora Espino, y luego la palabra "niño" y, por supuesto, era idéntica a Manuelito, y por fin encontró, observó, olisqueó las palabras "adiós", "cerros" y "fronteras" y se le ocurrió que debían estar junto con otras como "origen", "tierra", "pesar", "nostalgia", "amor" y "falta de amparo".

Pero además allí estaba esa graciosa palabra "horizonte", larga, curva, lejana, y le pareció que era idéntica a la línea azul que se veía allá donde comienza el cielo, al fondo de Salem.

Y por fin descubrió que "pienso" era un vocablo delicioso. Una ilustración le mostraba el verde manjar que recibía cada mañana y que volvía a saborear en la pradera después de jugar con Manuelito. "Pienso", "pasto", "pastura", "hierba", "forraje" eran palabras que variaban del verde al amarillo, pero nunca dejaban de ser deliciosas, y fundamentales. "Pienso" es la palabra más agradable del idioma, tal vez se dijo, y fue ese el momento, en que Porfirio agrandó los ojos, sus enormes orejas se erizaron y pudo formular su primera frase completa, o quizás tan sólo la pensó, pero fue ese el momento en que se dijo: "Pienso… pienso… luego existo".

Algunas personas opinan que Manuelito le dejaba mensajes como "Ahora te toca leer de la página quince a la dieciocho" o "Cuando vuelva de la escuela, hazme acordar de cortar el gras y regar las plantas", y se supone que cuando Mario Espino leyó esos mensajes le dijo a su esposa: "Tal vez sea bueno que nos libremos del burro, o que lo sacrifiquemos. Le está metiendo ideas raras al niño".

Se ha llegado a decir, por fin, que Manuelito le dejaba a su alumno tareas escolares similares a las suyas, sólo que adaptadas a la familia cuadrúpeda, y por eso, cuando le enseñaba el sistema decimal, Porfirio tenía que dar un número de coces sobre el suelo equivalentes al signo que el niño escribía en una pequeña pizarra. Con la pata izquierda llegaba hasta el cinco, o sea que dos coces con la derecha hacían el siete. Hasta allí se puede creer; lo inaceptable es suponer que le llegó a enseñar los quebrados, y que para representarlos, Porfirio debía caminar fingiéndose rengo de la pata derecha. Eso no tiene ni pies ni cabeza.

"Esto no tiene ni pies ni cabeza", censuró el padre cuando descubrió que su hijo y el asno intercambiaban mensajes, y que Manuelito dejaba notas que decían "Hoy, léete de la página cinco a la diez", o "Solamente después de la tarea, vas a poder tomar una siesta", y Mario Espino descubría que, efectivamente, el asno estaba durmiendo porque allá afuera, en el pasto, debajo del pino más alto, de pie, muy señor y muy grave, el animal cerraba los ojos, y dos pajaritos rojos daban vueltas en torno de su cabeza, la señal más clara de que estaba soñando.

"Esto no tiene pies ni cabeza", reiteró Mario, y se enojó mucho, pero no porque el animal hubiera aprendido a leer, sino por la posibilidad de que estuviera haciendo las tareas escolares asignadas al niño Manuel, y eso no lo debe ni lo puede tolerar un padre que cuida la salud espiritual de su hijo.

"¡Pero, qué cosas estás diciendo! ¡Serénate, Mario! Nuestro hijo es todo un caballerito, y de ninguna forma permitiría que Porfirio le hiciera las tareas, por más amigos que sean. Y además, no tiene nada de raro que el burro se pase las horas frente al libro y que mueva las páginas, como dices que parece que estaba haciendo, porque esos libros a colores son sumamente atractivos, y si a nosotros nos hubieran enseñado así no andaríamos en este país patas arriba".

Por supuesto que estas son solamente conjeturas. Si Porfirio llegó a leer, no se lo contó a nadie, y menos a su profesor para no hacerlo sentirse culpable. Condescendiente y sabio como sólo pueden ser los asnos, quizás prefirió callar para no confesarle a Manuelito que, gracias a él, ya había recibido el don de la sabiduría, y la sabiduría es casi siempre triste porque ¿qué pasa cuando un burro, o una persona cualquiera, lee por primera vez palabras como "soledad" y "muerte"? ¿Qué piensa usted que hace el burro? ¿Qué haría usted en ese caso?

Creo que esa fue la época en que a Porfirio se le vio solo y dorado vagando por los campos, trotando como trotan y seguro se deslizan frente al horizonte los caballos de los muertos. Creo que fue entonces cuando comenzó a parecer diferente de los otros animales de su especie. Tiene que haber sido en ese tiempo cuando los gallos de la madrugada lo confundieron no sé si con un fantasma o con un demonio, y comenzaron a quiquiriquiar como si hubiera llegado el fin del mundo. Creo que ese fue el momento en que Porfirio se hizo humo. Y de eso es justamente de lo que estamos hablando.

Pero no estamos hablando justamente de eso sino de la cara que debe haber puesto Manuelito al despertarse el sábado muy temprano, y no encontrar a su amigo por ningún lado de la casa, o de la que puso Porfirio al subir por alguna montaña de la cordillera de las Cascadas y descubrir cuán inmenso y ajeno era el universo y cuánta falta le iban a hacer los Espino en ese mundo de asnos y caballos salvajes al que había decidido huir.

Todo eso poniéndonos en el caso de que realmente se le dio por escapar, aunque la verdad es que lo primero que todos pensamos es que Mario se había librado de él vendiéndolo a un restaurante *fast food* y, como para desmentirnos, el aludido pidió permiso en el trabajo para irse con Manuelito en busca del fugitivo. Lo buscaron en los bosques de todo el condado, rastrearon el cerro de Mary's Peak que es el más alto de todos estos lugares y fueron hasta la desembocadura del río Willamette pensando en que a lo mejor, a lo peor, se había caído allí por accidente, y tal vez ya estaba su alma remontando los senderos de la muerte.

A propósito, ¿los burros tienen o no tienen alma? ¿Qué piensa usted? Porque resulta que esa fue una de las preguntas que se plantearon en la radio hispana de Oregon, La Campeona, cuando Mario anunció que daría una recompensa al que hallara a Porfirio. Me parece que ese fue el momento en que Porfirio comenzó a aparecerse en uno y otro lugar al mismo tiempo de la misma forma que lo hacen los santos. Me acuerdo que Efraín Díaz Horna llamó por teléfono a la radio para avisar que había visto al animal escalando la ladera de Mount Angel, y que quiso pasarle la voz pero el animal siguió su propio camino muy orondo y muy seguro como si supiera exactamente hacia dónde se dirigía, tierra adentro, en el oriente más remoto.

Pero una mujer de voz dolorosa que no quiso dar su nombre lo había visto a la misma hora en el punto opuesto, en el mar, "y me pareció que se iba triste, a paso lento, pero seguro y ya estaba como para cruzar la línea del horizonte, en la bahía de Lincoln City, y me acuerdo que era un caballito negro, negrísimo...".

Entonces el locutor la interrumpió para corregir que no era un caballo lo que se había perdido, sino un burrito de pelaje blanco, pequeño, peludo, suave, pero burro por dentro y por fuera, y la mujer pidió que primero se le permitiera enviar un saludo a todos sus amigos de Michoacán, México, para después rectificar que "caballo y burro dan lo mismo en esos andares donde yo lo vi porque, como ya sabrá usted, allá en el cielo, el tamaño no es precisamente lo que importa".

Eso fue lo que me animó a llamar a la radio para preguntar si los asnos también van al cielo, y media hora más tarde me contestó un pastor evangélico para reprenderme por ignorante, pero sólo lo estaba insinuando cuando me preguntó, por su parte, que adónde me imaginaba que podían estar el burrito del Domingo de Ramos y ese otro que acompañó a la Sagrada Familia en la huida a Egipto.

Lo que me salvó de hacer el ridículo fue la llamada de un tal Martín Rodríguez, quien primero pidió que le pusieran un disco de La Vengadora del Norte, y después contó que estaba trabajando en la cosecha de grama cuando vio a un burrito detenido en la intersección de caminos que parecía estar leyendo los signos y los nombres de las distintas ciudades antes de decidirse a tomar uno de los rumbos. El asunto empeoró cuando llamó Elqui Burgos, nacido en el mero Michoacán según dijo, para contar que había visto al mismo animalito pero frente a una manada de sus congéneres, y aseguró que el asno rebuznaba y sus amigos repetían maa, mee, mii, moo, muu y después bla, ble, bli, blo, blu como si estuvieran frente a un director de orquesta o a un maestro de escuela.

Fue entonces cuando intervino un presumido profesor de la universidad para rogar a la distinguida audiencia hispana que diera muestras de sindéresis porque los burros jamás podrían aprender a leer ni escribir y nos hizo recordar que vivíamos en el país de la modernidad, y no en una lamentable aldea rural como aquella de la que ustedes salieron, pero cuando iba a continuar su perorata, el locutor lo interrumpió para pasar un corrido de los Errantes de Jalisco en el que los cantantes narraban cómo se habían ido por el mundo por culpa de un amor sin fondo ni esperanza a perderse en las tierras ajenas y en las dunas amarillas del desierto, parecido al desierto que seguramente en ese momento estaba cruzando Porfirio con los ojos cerrados y las ganas de olvidar todo lo que había aprendido.

Y esa es la misma forma en que iba a la escuela el niño Manuelito, cerrando los ojos, repasando las palabras y las frases y las letras, y tal vez diciéndolas al revés como si las fuera borrando, o como si de repente hubiera aprendido que es verdad que el conocimiento y el dolor son una misma cosa.

Ser hombre es saber que uno se va a morir, y aguantarlo, y en eso nos diferenciamos de los animales; y esto último no lo dijo el locutor. Lo digo yo porque estoy convencido de lo que digo, y no tengo cuándo terminar de contar esta historia, ni cuándo terminar de creerla, aunque eso sí no convengo con Manuelito y creo que si usted les enseña a leer a los animales, los hará infelices cuando vean que la muerte existe y aprendan que ellos ni siquiera pertenecen al reino de los hombres.

No ha faltado quien diga que Porfirio se fue de Salem volando, y que voló hacia los desiertos del estado de Utah para juntarse con una manada de asnos salvajes que vive en esas lejanías. Creo que quien lo dijo fue un adivino de esos que hablan por la radio, y fue él quien sentenció algo así como que el animal había aprendido en los libros que siempre es mejor vivir con los suyos, como si leer hiciera falta para comprender que hace falta nuestra gente y que en este país ajeno sólo paramos andando patas arriba, pero como dice mi compadre Eleodoro, con penas y todo siempre somos felices.

Volar es como andar, sólo que sin moverse, aunque para mí que Porfirio no estaba a esas horas volando sobre las montañas ni sumergiéndose en el horizonte del mar de Oregon, y más bien, lo que el pobre hacía en esos momentos era deshacer el camino que hay entre el desierto, o donde fuera que lo hubieran llevado, y su casa en Salem, y tenía que hacerlo cojeando, eludiendo los puentes, bordeando las autopistas y evaporándose en los centros poblados porque la mera verdad es que los muchachos de la pandilla de los Juniors Bienaventurados lo habían metido en una camioneta con el ánimo de venderlo a buen precio en California, donde dicen que hay buen mercado para la venta de conejos que bailan, loritos bilingües y perros que recogen el periódico, y probablemente para escapar de sus captores, el burro saltó al camino en Ashland, y se lisió al caer a la carretera, pero en esas condiciones, continuó trotando hacia la casa de sus patrones.

¿Que cuánto tiempo se hace desde Ashland hasta Salem? Usted dirá que menos de un día, pero ¿se ha preguntado cuánto le tomaría hacer ese camino trotando…? Para mí que ya había llegado a Independence, o sea que ya estaba a unas horas de su casa, cuando el sheriff de ese pueblo lo detuvo por falta de documentos y lo metió a la cárcel hasta que apareciera su dueño, y tiene que haberse pasado allí por lo menos una semana desesperado mientras María del Pilar Espino limpiaba el color de muerte que se había prendido de la cara del niño Manuelito, y murmuraba que, al final de todo, ese asno era un redomado ingrato que se había ido dejando a un lado un albergue caliente, una familia querendona y un futuro prometedor, además de la amistad de Manuelito quien ya por ese tiempo no podía ir a la escuela. Cuando lo llevaban se quedaba dormido, y era como si una luna amarilla y enorme se le hubiera metido en el alma y como si de veras hubiera comenzado a borrar de su corazón todas las letras y las palabras que había aprendido.

Tiene que haber sido así porque justamente cuando andábamos escuchando la Hora de la Raza, que es el mejor programa de la radio, un recluso telefoneó para comunicar a la comunidad que aquella noche había dormido en la cuadra de los muchachos hispanos un burrito pequeño, nervioso, terco y algo rengo que parecía un doctor. A esa hora, quisimos llamar para aclarar quién era ese doctor, pero la línea estaba congestionada, y el locutor interrumpió al amigo preso:

"Espérese un momento, amigo, y dígame de dónde se reporta. Usted ha dicho de la cárcel pública, pero no ha dicho de dónde. Pero, en todo caso, ¿cómo se escucha la Campeona por esos andurriales? ¿Y qué disco quiere que le ponga?".

"Pues como que la Campeona se escucha muy bien entre la raza de aquí adentro, pero sería bueno que me pusiera un corrido de los Ilegales de Guanajuato, ese que comienza diciendo que preso estoy y estoy cumpliendo mi condena".

"Se lo voy a conseguir, amiguito, para dentro de una hora, ¿y para quién va su saludo?".

El saludo iba dirigido a todas las mujeres tapatías de Guadalajara, y también a toda la raza de Cholula, y sólo cuando pronunciaba esa palabra, entró la llamada de Mario Espino para preguntar de qué cárcel pública estaban hablando, pero el amigo recluso ya había cortado, o quizás se le había gastado la batería del celular.

Cuando uno vive perseguido, nada lo detiene. Puede uno encontrarse con la muerte en el camino o ser atravesado por un relámpago púrpura y continuar caminando como si no se hubiera dado cuenta. Eso es lo que nos han dicho, y eso es lo que sé, y por eso me imagino que, incluso de la cárcel, logró escapar Porfirio, y que de mucho le sirvieron los trucos que había aprendido cuando los Espino entraron a este país y además todo el tiempo que se pasaron huyendo de la *migra*, y pienso que desde allí se escapó de noche, pero hizo en pocas horas el camino que le quedaba para llegar hasta la casa de su familia.

En los tiempos oscuros, los ojos aprenden a ver y entonces es más fácil reunirse con la propia sombra, y debe ser por eso que la luna entró por la ventana de los Espino mientras el burro se hacía camino por la puerta hacia la sala de visitas un sábado por la noche, como si nada hubiera pasado, y como si no hubiera leído el cartelito que recomendaba limpiarse los pies antes de entrar, ni aquel que le rogaba anunciarse, ni mucho menos aquel que había colocado el niño Manuel y que decía "Bienvenido, Porfirio".

Sobre este final hay distintas opiniones e incluso hay quienes se atreven a decir que nada bueno ocurrió, pero que se abrió el cielo y el burro Porfirio, muerto en esas aventuras, los saludó desde allá arriba; y otros piensan que cuando regresó ya había terminado de olvidar lo que tenía que olvidar forzosamente y que por eso, aunque rengo, avanzó alegremente, sin leer los carteles, y nadie llegó a saber si había estado en la vida o en la muerte, y es por eso que cada vez que pensamos en Porfirio, no sabemos qué pensar.

La mujer de la frontera

He puesto delante de ti la vida y la muerte, la bendición y la maldición... En consecuencia, escoge la vida.

Deuteronomio 30:19

Caminan y caminan desde anoche, pero todavía no han llegado a la cumbre. Caminando en la forma que caminan, podrían ser alcanzados por un rayo y seguir caminando sin saberlo. Todos los que partieron con ellos se encuentran ya al otro lado desde hace varias horas, pero el hombre y la mujer avanzan con mucha dificultad, y a veces se quedan inmovilizados en la arena sin poder dar un paso más cuando ya está a punto de amanecer sobre la frontera sur de los Estados Unidos.

—Ya no doy más —dice él.

—Anda, ya estamos a punto de llegar. Ya falta poco.

—Es que no puedo sacar la pierna de aquí. Esto parece arena movediza.

—Tú sabes que solamente es un cerrito. El último cerrito de México. ¿Te acuerdas de anoche?

La primera en pasarlo fue una señora embarazada. Después ha pasado todo el mundo. Incluso muchos niños. ¿Te acuerdas? ¿Te acuerdas de cuando partimos?... Anda, no es hora de echarse para atrás. Me dijiste que te ibas a portar bien.

–Pero usted sabe que yo no puedo, que ya no doy más.

–Descansa un ratito, y después seguimos la marcha.

–Es que no puedo sacar la pierna del hoyo donde la he metido. Este cerro me está devorando.

–Deja que yo te voy a jalar, y cuando ya estés afuera, te echarás sobre mi manta, y dormirás un rato hasta que tomes fuerzas...

Arriba se borran lentamente los luceros, y entra una luna amarilla que se va después como si se fuera para siempre, y por fin, cuando el sol comienza a volar sobre la última montaña de México, su luz descubre a esta pareja sobre la cumbre. Ahora ya es posible distinguir que la mujer, una anciana enjuta pero enérgica, quizás cercana a los ochenta años, tiene de un brazo al hombre, aparentemente enfermo, y lo lleva arrastrando hacia el otro lado de la colina, por el costado donde se encuentran los Estados Unidos de América.

–Vas a ver que cuando lleguemos allá, te vas a sentir bien. Y te vas a curar de todos tus males. Vas a ser otro.

El hombre parece animarse, y da algunos pasos más resueltos. Advierte que han pasado la cima y ya se encuentran descendiendo el otro lado de la montaña de arena. Entonces salta y comienza a correr hacia allá abajo como si fuera un niño. Al choque del viento, está a punto de volar la venda blanca que le cubre la frente, pero el tipo se la asegura y continúa el feliz descenso. Un rato más tarde se detiene y bruscamente se queda inmovilizado como si estuviera viendo en el horizonte a un ángel con una trompeta. Cuando la dama llega hasta él y lo toma del brazo, sacude la cabeza con desaliento.

–Ya no me sostenga, mamá. Creo que ya no es necesario –dice mientras señala un punto en el horizonte. Allá abajo se divisa un grupo humano al que todavía no puede distinguir completamente, de modo que igual podrían ser los agentes norteamericanos o los *coyotes* a quienes pagaron para que los ayudaran a cruzar la frontera.

Manuel Doroteo Silveira Martínez, en Guatemala, acababa de cumplir cincuenta años cuando tuvo el primero de aquellos inaguantables dolores de cabeza. Le duró un día, pensó que se trataba de una *perseguidora*, y se propuso no beber nunca más como lo había hecho el día de su cumpleaños. El segundo lo sorprendió en la oficina donde trabajaba como contador, y esa vez lo llevaron en una ambulancia al hospital. Pasada la emergencia, el médico que lo había atendido lo convenció de quedarse en el hospital para que se le hiciera un chequeo completo.

Viudo y sin hijos, inmensamente solo en el universo, Doroteo tenía que avisar a su madre que iba a internarse en el hospital. En otra ocasión, habría evitado darle a conocer la mala nueva, pero esta vez era necesario decírselo porque de otra forma notaría su ausencia: solía visitarla cada tarde en el otro lado de la ciudad de Guatemala, donde ella vivía acompañando a una nieta casada, y por eso una repentina ausencia del hijo la habría aterrado.

Esa fue la razón por la cual doña Asunción Martínez de Silveira lo acompañó al hospital. Conoció al médico, hizo amistad con aquel y con las enfermeras y supo, a través de los sucesivos diagnósticos que el médico le fue revelando, lo que el paciente nunca llegaría a saber: "Un tumor en el cerebro... No se sabe qué clase de tumor... Tendríamos que operarlo, pero no sabemos lo que pasaría". Y ese fue también el motivo por el que doña Asunción abandonó a la familia con la que vivía, y se fue a cuidar a su hijo.

–Pobre muchacho. No puedo dejarlo solo porque me necesita –dijo, y a lo mejor agregó que ella no podía darse el lujo de continuar envejeciendo ahora, en aquellas circunstancias.

–Por favor, comprendan, voy a tener que dejarlos para cuidar a Doroteo.

Los nietos no querían dejarla partir, pero no pudieron impedirlo cuando la vieron salir dispuesta a luchar por la vida de su hijo, olvidada de la vejez, vestida toda de blanco, erguida y silenciosa como caminan las almas.

"Morirse y estar muriéndose no da lo mismo". Doroteo no supo nunca quién había dicho eso porque la frase se le coló en el oído en los pasillos del hospital. Después pensó que era una expresión carente de sentido. Al final, se dijo que en todo caso no le estaba dirigida porque él todavía no había pensado en que podía morir. En realidad, no podía enterarse de la verdadera naturaleza de su mal porque en América Latina no se suele comunicar ese tipo de diagnóstico a los pacientes terminales, sino a algún familiar autorizado. Alguna vez, alguien le informó que se trataba probablemente de un tumor benigno, pero no le habló más del asunto. Al cabo de dos años y luego de penosas radiaciones, el médico supo que no había nada más que hacer y que, probablemente, ya había pasado su turno.

—Ya puede irse del hospital. Allá afuera, se va a sentir mejor —le dijo a Doroteo—. Ahora puede usted hacer lo que quiera con su vida —añadió, pero no le informó que le quedaba poco tiempo.

A doña Asunción sí se lo dijo. "Le doy tres o cuatro semanas, y a lo mejor durante ese tiempo va a sentirse perfecto, como si estuviera sano, porque así es la enfermedad y así también es la muerte. A veces le da ánimos al enfermo para morirse despacio, sin impaciencia". Ella lo escuchó pero no le creyó porque, noche tras noche, mientras cuidaba los sueños de Doroteo, se había dado tiempo para leer, en los pasillos del hospital, algunas revistas populares en las que se hablaba de curas prodigiosas. Al final, *Selecciones del Reader's Digest* y su propia decisión de creer en la vida la convencieron de que la única forma de salvar a su hijo era llevarlo a los Estados Unidos.

Cuando el paciente salió del hospital, brillaba en él ese aire saludable que suele dar la muerte a sus próximos huéspedes para que vivan felices el tiempo que les resta. La enfermedad parecía haberse ido, y sólo una completa calvicie, fruto de las radiaciones, podía delatar su estado, pero Doroteo se sentía animado y dispuesto a bromear.

—Realmente estoy guapo. Debe ser que me voy a morir —dijo en son de broma, aunque no le salió ese tono, sino uno como de miedo, y bruscamente supo que si no hacía algo, iba a caer en cama otra vez. Pero no tuvo tiempo de deprimirse porque doña Asunción Martínez de Silveira ya tenía preparado el programa de todo lo que debían hacer a partir de ese momento para lograr la curación definitiva, y la receta era sencilla: viajarían a los Estados Unidos. Por lo tanto, no tenían un minuto que perder, y lo primero que iban a hacer era conseguir los pasaportes e ir a la embajada para conseguir la visa de ingreso.

Renuente al comienzo, pero obediente después, y por último seguro, Doroteo siguió de un lado a otro a su madre y comenzó a vivir los últimos días que le quedaban, como si toda la vida no hubiera poseído otro bien que la esperanza.

—Pero aféitate, hijo. Tienes que ponerte buen mozo para que les gustes a las gringas. ¡No sabes cómo me gustaría tener una nuera güerita!

El consulado dijo que no. Pero madre e hijo no perdieron el tiempo. Les había tomado cinco horas entrar al edificio diplomático, hacer algunas colas y, al fin, luego de la entrevista, recibir la negativa. Saliendo de allí, en solamente una hora, ya habían comprado dos pasaportes mexicanos falsos que les permitirían entrar sin problemas en ese país.

Dos semanas más tarde estaban en México D.F., y al final de la tercera llegaban a Tijuana. Después de haber viajado cinco mil kilómetros en diferentes autobuses, ya se sabían de memoria el olor y el color de los caminos de México. En la frontera, contratar un *coyote* había sido una tarea sencilla, pero iniciar el tránsito no lo era. Todos los contrabandistas de gente ya estaban comprometidos con otros y les pedían esperar un mes, pero un mes era demasiado. Un mes equivale a un mes para una persona adulta y sana, no para una anciana ni para su hijo condenado a muerte. Pagaron más, y al cabo de solamente dos semanas estaban atravesando la frontera por el lado que da a San Isidro. Y justamente allí estaban cuando Doroteo logró pasar de la cima y avistó un grupo de gente extraña.

Cuando Doroteo divisó al grupo humano en la playa, ya hacía largo rato que su madre los estaba viendo pero no le había dicho nada a fin de no preocuparlo. En vez de hacer eso, ella rezaba una oración al Espíritu Santo, gracias a cuyo poder habían logrado llegar a la cima y avanzar hacia el otro lado del cerro. En ese momento, un hombre, de los que estaban abajo, comenzó a llamarlos agitando los brazos. Su voz todavía no llegaba hasta esa altura, pero sus movimientos enérgicos implicaban una orden de que se dieran prisa en bajar.

Madre e hijo se comenzaron a mirar entonces, el uno al otro, como lo habían hecho durante una época ya lejana, la infancia de Doroteo, en que las palabras quizás todavía no habían sido inventadas.

—Tiene usted razón, mamá. No tenemos de qué asustarnos. A ver si a lo mejor resultan ser las ánimas del Purgatorio que han venido a ayudarnos.

Durante el par de kilómetros que les faltaba para llegar hasta la gente, el enfermo caminó con agilidad como si nunca se hubiera sentido mal, e imaginó que los agentes federales eran comprensivos y amables, y los devolverían a Guatemala sin llamarles la atención. Por su parte, doña Asunción comenzó a pensar que el próximo intento para entrar en los Estados Unidos sería más sencillo: tomarían un avión directo hacia Canadá y de allí nomás pasarían a Nueva York.

¿Cuánto costaría un pasaje, o más bien dos, desde Guatemala hasta Montreal? ¿Y desde allí, luego? ¿Cómo serían los hoteles en la Tijuana del Canadá? ¿Y los cerros de esa frontera? ¿Serían tan arenosos y desérticos como este que acababan de pasar? ¿Sería fácil encontrar allí unos *coyotes*? ¿Y cuánto cobrarían esos caballeros? Calculó que en esos momentos les quedaban doscientos ochenta y cuatro dólares con cincuenta centavos y prefirió pensar en la moneda de su país, porque así resultaban con más dinero. Además, se dio cuenta de que todavía no era necesario preocuparse por esas nimiedades. Venían huyendo de la muerte, y ya la habían dejado bien atrás.

Después de haberla visto con tanta frecuencia en sus vecindades, la muerte ya le resultaba bastante familiar. La anciana la había sorprendido conversando con algunos viejos conocidos suyos, la presentía volando por los dormitorios y las iglesias, la sabía gobernando con sabiduría su inmenso reino de sueños. Lo que no podía entender de ella era ese afán de querer llevarse al muchacho. La próxima vez, la encararía de mujer a mujer, pero no estaba muy segura de que aquello fuera a ocurrir muy pronto. "La pobre debe estar muy lejos: todavía debe andar preguntando por nosotros en Guatemala".

"Pero eso sí, si me encontrara con ella la atajaría para decirle: póngase usted en mi caso, señora, porque usted también debe tener hijos. Recuerde usted que son los hijos los que generalmente entierran a los padres, y no al revés. Así que no me ponga en el trajín de llevar al cementerio al único hijo que tengo. Y, por otra parte, si quiere usted cambiar de difunto, hágalo. Lléveme a mí porque más bien va resultando que ya es mi turno, pero eso sí, déle un poco de tiempo al muchacho para que se reponga. Que si no el pobre no va a tener cuerpo para mi velorio".

Por supuesto que le diría eso, y seguro que la muerte le daría la razón y acaso hasta enmendaría la equivocación que había estado a punto de cometer, y le pediría mil disculpas y le echaría la culpa de sus errores a la naturaleza de su trabajo y a lo solita que andaba por esas inmensidades del cielo, pero doña Asunción tendría el tacto de evitarle tantas excusas y le cerraría la boca con algún comentario apropiado sobre lo bonitas que son, vestidas de negro, las mujeres pálidas de pelo largo.

Vencido y resignado pero casi feliz, Doroteo seguía caminando hacia el grupo de extraños. Serena como un espíritu, su madre no terminaba de pensar en la muerte cuando advirtió que uno de los hombres, el que parecía ser el jefe, se adelantaba al resto y avanzaba hacia ellos. Ya estaba a unos cien metros de distancia y, a contraluz, no era posible ver su rostro, pero sí las huellas que sus pies iban dejando sobre la arena caliente. Entonces la mujer advirtió que esas huellas avanzaban en dirección de Doroteo, y corrió a interponerse entre los dos hombres. Pero el gesto no fue necesario porque una voz amistosa comenzó a decir en cristiano:

—Ustedes son los de Guatemala, y los estamos esperando desde anoche. No, qué remolones habían resultado ser los de Guatemala... Y usted debe ser don Doroteo, pero se nota a la legua que le falta un tequila para ponerse en forma. Nosotros estamos aquí para llevarlos la ciudad... ¿Cómo que no sabe quiénes somos? Nosotros somos los *coyotes* del otro lado.

Lo dijo así, de costado, como si no dijera nada. Ya eran las seis de la mañana, y había tanta luz sobre la tierra que Doroteo y su madre conversaban mirando hacia el cielo como cegados por la felicidad.

—¿Y nos puede decir, más o menos, como cuánto camino falta para llegar a los Estados Unidos?

—¿Cuánto camino? ¿Cómo que cuánto camino? Fíjese bien en la tierra y aprenda a diferenciarla por el color, porque no todas las tierras son iguales. Ustedes ya están caminando sobre tierra de los Estados Unidos.

Lo supo por boca del *coyote*, y allí nomás comenzó a mejorar Doroteo. Y también allí nomás se escuchó la pregunta de su madre:

—¿Y sabe usted, por si acaso, dónde vive el mejor doctor de los Estados Unidos?

Luisa Lane acababa de morir y Clark Kent no sabía qué hacer, débil y casi humano, frente a la inflexibilidad del destino. En un cine de Los Ángeles, al día siguiente de llegar, Doroteo y doña Asunción compartían el mismo silencio dolido con un corpulento acompañante, el *coyote* que los había guiado desde la frontera y que se había empeñado en ofrecerles albergue en su casa. Su nombre completo era Gabriel Ángeles, pero sus amigos lo llamaban el Ángel Gabriel.

—No, qué ocurrencia, guárdese el dinero —le había dicho a la anciana—. Ya otros pagarán, y, más bien, ustedes tienen que venir a quedarse en mi casa en Los Ángeles porque de ninguna manera voy a permitir que se vayan. Además, no sabe usted cuánto se parece a mi abuela que fue la que me crió y que debe estar ahora mismo revoloteando, con el mismo pelo blanco y las mismas manos largas de usted, allá arriba en el reino de los cielos. El Ángel Gabriel era soltero, pesaba unas doscientas cincuenta libras y había nacido en Guanajuato. Muy niño había perdido a sus padres en un accidente y, más tarde, a la muerte de su abuela, había partido hacia el norte para probar suerte: de eso hacía quince años y ahora, de treinta, no se podía quejar porque hablaba con fluidez el inglés, tenía la *green card* e incluso podía pedir la ciudadanía. Pero se sentía muy solo, y estaba pensando que a lo mejor regresaba a México para casarse con alguna bella mujer y para trabajar en negocios de turismo. La profesión de *coyote* no era muy bien vista, y ya comenzaba a causarle problemas.

Les ofreció la casa, y la señora Martínez de Silveira aceptó porque, entre otras cosas, también estaba habituada a ofrecer hospedaje a toda la gente amiga que pasaba por Ciudad de Guatemala, pero eso sí, puso una condición: la comida la prepararía ella y contendría mucha cola de res que es buena para componer la sangre, y ajo porque le habían dicho que era santo remedio contra toda clase de enfermedades e incluso contra la mala suerte.

La búsqueda del médico tuvo que esperar un par de días porque habían llegado el viernes por la noche, justo cuando se había terminado la semana de trabajo, de modo que madre e hijo se pasaron todo el sábado observando a Gabriel mientras armaba en el jardín un automóvil que era mitad Ford y mitad Volkswagen. El domingo, el carro funcionó y en él habían salido de compras y, ahora, mientras caía la tarde, estaban viendo Superman en un cine del barrio.

El fornido *coyote* no pudo soportar la muerte de Luisa Lane y rompió a llorar sin consuelo. Aunque trataba de ser discreto, no podía soportar la desgracia irremisible que era capaz de tocar incluso a un personaje inmortal, y comenzó a gritar:

–Vuela, vuela. Anda, tienes que salvarla. Es la única forma.

Lo sabía porque ya había visto la película

varias veces. Y lo decía con tanto dolor que posiblemente fue escuchado.

—Anda, tienes que salvarla.

Clark Kent, que hasta entonces no había sabido qué hacer, corrió hasta una cabina de teléfonos para despojarse de su ropa y convertirse en Superman y, antes de que pasara un minuto, alzó vuelo en forma vertical hasta llegar a la estratosfera, y, una vez allí, tomó aliento, todo el aliento que tan sólo puede tomar un hombre enamorado, y comenzó a volar en círculo en torno de la Tierra una, dos, tres y muchas veces hasta superar la velocidad de rotación del planeta; y voló tan veloz, con tanto amor y con tanta tristeza que también superó al tiempo, se le adelantó y pudo descender en picada cinco minutos antes de la muerte de Luisa, lo que le permitiría librarla, sana y salva, del peligro.

Cuando el hombre de acero y su novia, en suave descenso, se posaban sobre el tejado del Empire State Building tal vez pudieron escuchar los aplausos frenéticos de una ancianita de pelo plateado, un fornido *coyote* y un hombre calvo con la cabeza vendada. A partir de entonces, Manuel Doroteo Silveira Martínez viviría en Estados Unidos mucho tiempo más de lo que el médico había predicho, y a veces fue muy feliz, pero raramente lo fue tanto como cuando Superman salvó a Luisa Lanc. El día lunes y muchos días después, el carro de Gabriel daría vueltas y más vueltas alrededor de Los Ángeles en busca del mejor médico de los Estados Unidos, pero no lo encontraron.

No es que no encontraran al mejor, sino que no llegaron a ver a ninguno. La primera vez que llegaron a un hospital, Gabriel hizo todo lo que pudo como traductor para explicarle a la recepcionista que estaban buscando al mejor médico de los Estados Unidos para que atendiera al señor calvo, "ese de la venda, que está sentado allá al fondo, y esta señora es su madre que quiere ser la primera en hablar con el médico para que Doroteo no se entere, porque da la casualidad de que él tiene un cáncer en el interior del cerebro, y el médico de Guatemala solamente le da tres semanas de vida, y eso si contamos a partir de hoy, y dice la señora que eso no es posible porque el señor es su hijo y siempre ha sido un hombre muy bueno".

"¿Cómo dijo? No, señorita Comprenda que no le puedo hablar más fuerte porque no quiero que se entere ni por casualidad que la muerte lo anda buscando".

"Espere un instante, señorita, que la señora me está explicando algo más. Gracias por esperar, lo que la señora me dice es que quiere saber si los médicos de este hospital están aplicando ya un invento que ella leyó en *Selecciones*, que consiste en un agua muy clara que va pasando a través de todo el cuerpo sin que el hombre lo sepa y sin que sea de veras agua... *y aquella agua que no era agua, era capaz de borrar la enfermedad, la desdicha, el fracaso, la adversidad, la desesperación, el miedo, la tristeza, el terror, el dolor, el sufrimiento, las lágrimas, la fatalidad, la rabia, la melancolía, la impotencia, el furor, la ansiedad...*".

...y aquella agua, no pasaba por el cuerpo sino por la vida...

... y se abría camino a través del destino y de la ilusión...

...y era capaz de curar la pesadilla, la duda, la decepción, la fatiga, la incertidumbre, el desencanto...

"Y déjeme explicarle, señorita, que esta señora cree haber leído en el mismo artículo pero no está segura de que fue allí, de que las enfermedades terminales tienen origen en el alma y no en el cuerpo, y por lo tanto el doctor no tendrá que trabajar mucho porque le bastará hacer algunos arreglos en el cuerpo...".

"¿Cómo dice, señorita? Un momento, perdón, que ahora la traduzco. Mire usted, doña Asunción, la señorita quiere saber si hizo usted una cita con el doctor, si lo llamó o le escribió desde Guatemala".

"No, dice que no, pero que el doctor comprenderá cuando usted le cuente que Doroteo siempre fue un buen hijo".

"Y la señorita quiere saber también si ustedes tienen seguro, y qué clase de seguro tienen".

"La señora no sabe a qué se refiere usted".

"La señorita dice que en ese caso la primera consulta costará setecientos noventa dólares, más los impuestos, y además le pregunta si usted no tiene algún otro compromiso para el 19 de enero del próximo año a las diez y quince de la mañana. Caramba, eso es de aquí a siete meses, porque dice que para ese día puede programarle la cita".

"La señora pregunta si el doctor la podría recibir hoy mismo por la tarde. Dice, también, que por favor usted le pregunte si estaría dispuesto a aceptarle, en vez de los setecientos noventa dólares unas joyitas de oro que tiene, y este que aquí le paso es su anillo de matrimonio. Levántelo para que sienta cuánto pesa".

"Señorita, por favor, no me interrumpa que solamente le estoy traduciendo lo que dice la señora".

"No, doña Asunción, parece que la gringuita no me escucha. Me da la impresión de que tiene algún problema en el oído e incluso parece que ni siquiera puede vernos. Ahora se ha ido y nos ha cerrado la ventanilla. Si usted quiere, esperamos a que abra otra vez".

Durante ciento cuatro días recorrieron setenta y siete clínicas, hospitales y consultorios privados. Muchas veces prefirieron dejar al paciente en la casa para que no se incomodara mientras Gabriel y doña Asunción se lanzaban al vértigo de las autopistas en el extraño carro del *coyote*. Nunca, desde hacía muchos años, se había sentido tanto calor en Los Ángeles, y tanto la ciudad como los edificios y los veloces carros parecían flotar sobre un vaho caliente de color naranja.

Así fueron esos días para ellos, pero las noches fueron diferentes: llegada a casa, la madre se revestía de un optimismo tan contagioso que se lo pasaba al *coyote* y al enfermo, y tal vez se lo hubiera comunicado a cualquier persona que estuviera hasta a veinticinco metros de ella. "Nada ocurre en la tierra que no provenga de la voluntad de Dios, y si este doctor no nos ha querido atender debe ser porque no es el mejor médico de los Estados Unidos, y Dios nos está cuidando para que lo encontremos uno de estos días".

"Y ese doctor hará que nunca más vuelvas a usar esa odiosa venda, y después de que todo esto haya pasado, si no te importa, Gabriel, nos iremos contigo a Guatemala y compraremos una gran finca de cultivo que tú administrarás, y de esa manera no tendremos que ir nunca a las ciudades porque es allí donde nos andan esperando el demonio y las enfermedades".

En esos momentos, el enfermo tocaba una guitarra que el Ángel Gabriel había comprado en Guadalajara, y a veces incluso reclamaba una copita de tequila para aclarar la garganta. Era como si en esa casa se acabara de inventar la alegría, y a la segunda copa, la voz de Doroteo se hacía tan intensa que era como si la muerte hubiera llegado a casa para emborracharse con él. Gabriel, por su parte, aseguraba que era buena idea la de irse a trabajar en el campo "porque lo que es aquí, la vida ya no me está gustando, con esta gente de la *migra* pisándonos los talones, a uno ya no lo dejan trabajar honradamente". Y la conversación se repetía cada noche como si fuera un sueño que cada uno de los tres protagonistas debería soñar hasta el fin de los tiempos.

De esa manera, sin que lo advirtieran, Doroteo excedió largamente el tiempo que, según la ciencia, le quedaba sobre la tierra, pero a su madre no le bastaba con eso: estaba dispuesta a lograr que se curara definitivamente y estaba segura de que lo lograría. Además, una noche tuvo un sueño en el que no había imágenes sino tan sólo la voz de un arcángel que le revelaba que el reino de Dios no estaba en los hospitales ni entre los médicos de Los Ángeles. A la mañana siguiente, ella comenzó a hacer las maletas. Irían a la famosa universidad de Berkeley donde, según había leído, habían inventado una bomba atómica de un milímetro y medio de espesor que podía ser utilizada ventajosamente en la lucha contra el cáncer: era tan efectiva que al estallar en la mesa de noche del paciente, volatilizaba el humor de las enfermedades y lo convertía en perfume.

A Berkeley no pudo acompañarlos Gabriel, pero los dejó en contacto con una familia peruana de apellido León: "Don Adriano y doña Gloria son buena gente, como su apellido lo indica. Siempre me han tratado como un hijo desde que nos conocimos en un mercado de las pulgas donde trabajamos juntos. Dígales que estoy bien, y que a ver si se animan a venir a quedarse un tiempo en mi casa. Dígales que sueñen conmigo. Dígales que a veces en sueños me veo visitándolos".

Los León eran los primeros peruanos que la señora Martínez de Silveira conocía, y le llamó la atención la manera tan graciosa como pronunciaban el castellano. "El canto puede variar de gente a gente pero se nota que todos somos la misma gente", se dijo después de que ellos fueran a recibirlos en el paradero del Greyhound, y los llevaran hasta una casa en la que vivían junto con sus dos hijas solteras y un nieto pequeño. "La casa es chica, el corazón es lo que vale. Ustedes se quedan aquí hasta que don Doroteo se haya curado completamente, o hasta cuando ustedes quieran. No se preocupen por nada".

El otro peruano a quien doña Asunción conoció fue un escritor que trabajaba como profesor visitante en la universidad, y que había publicado libros sobre brujos y santos. Poco o nada sabía de él, pero escuchó que escribía sobre los santos como si hablara con ellos, y sobre las personas reales como si las estuviera soñando. No le pareció gran cosa.

Pero fue a buscarlo porque quería pedirle que la ayudara a conectarse con el sabio que, en esa universidad, había descubierto el remedio atómico contra el cáncer, y el peruano la escuchó con admiración, con los ojos fijos en ella, como si estuviera copiando su vida o como si los dos fueran personajes ficticios. Después, mientras la llevaba a pasear por el campus, le fue dejando caer, tratando de amortiguarla, la información que ella necesitaba. Y las noticias no eran precisamente buenas: Berkeley no tenía facultad de Medicina. Además, al parecer, todavía faltaba un poco para que se inventara la cura contra el cáncer. "¿Quiere decir usted que esta revista está equivocada? ¿Y, exactamente, como cuántos días faltan para que se cure el cáncer?".

El amigo peruano no lo sabía o tal vez no se lo quiso decir, y con respecto de la revista, no, no estaba equivocada. Lo que ocurría es que se trataba de un ejemplar de hacía treinta años. Allí se hablaba sobre las, entonces, futuras aplicaciones de la energía atómica en la medicina y sobre los experimentos que durante esa época se hacían en los laboratorios atómicos de Lawrence, un anexo de la universidad de Berkeley.

Pero ella no se iba a dejar intimidar por aquel nuevo fracaso. Para entonces, madre e hijo ya estaban a punto de cumplir un año y un mes fuera de Guatemala, o sea que el enfermo había excedido en un año el tiempo de vida que el doctor había predicho para él. Y sin embargo, empeñada en lograr la curación definitiva de Doroteo, doña Asunción de ninguna forma iba a regresarse a su país ahora, como algunas veces su hijo se lo sugería.

Además, estaba claro que la muerte había sido burlada, pero no vencida. A todo esto, ¿cómo sería la muerte? Se la imaginó bella y triste, como dolida por algún amor imposible. Se le ocurrió que hacía las cosas contra su voluntad, y que llevarse a Doroteo no había salido de ella. Quizás la muerte permanecía en Guatemala o acaso estaría en ese momento, como antes ellos, tomándose fotos de tamaño pasaporte, haciendo colas interminables y buscando una visa en el consulado. O tal vez le habían negado la entrada a los Estados Unidos y ahora remontaba un cerro de arena y caminaba y caminaba para llegar cuanto antes.

De todas maneras, la señora pensó que ya había conseguido algo. El escritor le había presentado por teléfono a una amiga suya, también peruana, que era trabajadora social en un hospital de la zona y que haría todo lo posible, y también lo imposible, para que Doroteo fuera atendido por los médicos norteamericanos.

Y así fue. Lo que había buscado por más de un año, Diana se lo consiguió en quince minutos. Trabajó un rato con la computadora de la oficina de admisiones, tecleó el nombre de Doroteo muchas veces y luego de algún suspenso, la impresora comenzó a lanzar un pequeño cartón.

–Este es el seguro de su hijo y con él lo van a atender gratuitamente. La cita es para el lunes a las diez y media de la mañana. Traiga a su hijo ese día y lleguen una media hora antes. Por favor, no responda a ninguna pregunta que le hagan. En todo caso, venga a verme y no se preocupe más, porque yo los voy a acompañar todo el tiempo, seré su intérprete y hablaré por ustedes.

"Aunque no lo parezca, esta joven sabe hacia dónde camina", se dijo doña Asunción mientras recibía el carné y miraba a su interlocutora. Aquella tenía unos ojos tan intensamente oscuros que parecía que solamente había caminado de noche. Y serían precisamente aquellos ojos los que le dirían la dolorosa verdad. Fue luego de dos semanas de hospitalización y pasados muchos y muy prolongados exámenes.

–El doctor le dice que quizás Doroteo ya no tenga cura. Perdón, un momento... "Sí, doctor, eso es lo que le estoy diciendo. Lo que ocurre es que el castellano es más sintético, y además la señora no necesita conocer esos detalles...". El doctor está asombrado de que Doroteo pueda caminar en el estado en que se encuentra y quiere saber qué le ha estado dando, y qué médico lo ha visto durante estos últimos meses.

"... Sí, doctor, eso es lo que dice la señora, que le dio en la comida mucho ajo y cola de res...".

—Y dígale, Diana, que también le di sesos de vaca en forma de tortilla, pero dejé de dárselos porque todos los que comen sesos comienzan a perder la memoria, o sueñan que la memoria los lleva hacia una pradera verde e infinita...

—Perdone, señora, pero el doctor quiere saber si le ha estado dando alguna medicina... "Sí, doctor, hierbabuena, lo que la señora está respondiendo es que le dio hierbabuena por agua del tiempo y que también se la ataba en la frente para bajarle la hinchazón... Y dice además que no han visto a ningún médico desde que salieron de Guatemala... Y la señora quiere saber qué es lo que le ve de raro en su hijo... ¿Cómo dice, doctor? No, doctor, perdone pero eso no se lo puedo repetir. Recuerde que ella es una anciana".

Pero la anciana leyó en los ojos de Diana lo que pretendía ocultarle. Los análisis de sangre, los rayos equis, las sondas eléctricas, los ecos del ultrasonido se habían internado profundamente en el cerebro de Doroteo, pero no habían encontrado nada sano. Nada, la nada absoluta.

"¿Cómo dice, doctor? ¿Que ya no podrá seguir atendiéndolo? ¿Que puede, pero que de nada serviría? ¿Que a lo más le quedan tres o cuatro semanas de vida?".

Nada, lo que se llama nada. Ya no había nada dentro de él. Si la enfermedad no avanzaba más, era porque no tenía más que destruir, y si la muerte no venía por lo que quedaba de Doroteo, era porque tal vez, engañada, se había pasado de largo. Lo asombroso era que este hombre seguía caminando, y lo hacía de la mano de su madre anciana, y caminaba ya sin sombra por en medio de un país que no era el suyo. Nada, no había materia viva en el interior de ese cuerpo, y lo que la ciencia demostraba era lo que cualquier persona sabe: que los hombres estamos hechos de esperanza y de barro, pero más de esperanza.

Nada, pero nada. No había forma de rebelarse contra el destino. Esa fue la única vez en que la señora pareció demostrar que era un ser humano como otro cualquiera: apenas el doctor se hubo marchado, se desmayó y no volvió en sí sino después de varias horas.

Lo que se llama nada. A lo mejor todo era así. A lo mejor, las personas y las cosas no eran de verdad. A lo mejor, el mundo nunca había dado vueltas, y todo había sido una ilusión...

Pero allí estaba Diana, y también Marcela León, para atenderla, y además el desmayo se había producido en una sala del hospital. A ella la vio otro médico, un tejano muy gordo que hablaba español y que reía como Papá Noel.

—La abuelita se va a poner bien. Por ahora estamos tratando de controlar su presión arterial. Lo que ha tenido es un ataque de hipertensión propio de su edad y de algún estado emocional. ¿Le dieron alguna mala noticia?

Pero, "¿habráse visto, Asunción? ¿Ella, así como así iba a dejarse vencer por una mala noticia? Las cosas que se ven en este mundo". Iba a tener que abrir los ojos pronto para que estas chicas tan bonitas no continuaran preocupándose. Pero los mantuvo cerrados porque quería seguir llamándose la atención por haber flaqueado en ese momento.

–No se preocupen –dijo el médico tejano, unas horas más tarde–. Ya lo logramos. La señora ya está en su presión normal. Ahora debe estar durmiendo. Comprendan que es una viejita.

"¿Una viejita, ella? Ya vería este gordo lo que le iba a decir cuando abriera los ojos. Pero, si ya estaba sana como decía el doctor, ¿para qué abrir los ojos? Se ven cosas tan bonitas así, con los ojos cerrados".

–Cuando despierte, la vamos a dar de alta. Si tiene algún problema, llámenme a cualquier hora, y no se preocupen por nada. Soy el doctor Ramón de León. Pero eso sí, que descanse y que se cuide en la comida. Nada de sal, por supuesto.

¿Cuidarse en la comida?... Pero si era ella quien la preparaba, y los León estaban encantados con la cocina guatemalteca. No señor, ya vería ese gordo facineroso del doctor lo que iba a decirle cuando despertara. Pero siguió descansando, los ojos cerrados y extrañamente feliz. Quizás en ese momento estaba enterándose de algo que diría después y que había leído en alguna parte: que Dios está dentro de nosotros mismos más adentro de lo que nosotros estamos dentro de nosotros mismos.

"Pues sí. Eso. El problema es que creo que él mismo no lo sabe. Que si lo supiera, ya habría curado a mi muchacho. Pues no. Claro que no".

Despertó bien y más segura que nunca de que los médicos se habían equivocado. Era una desilusión que también ocurriera eso en los Estados Unidos, pero en todo caso, su hijo no los había necesitado durante todo un año pues ninguno de aquellos horribles dolores de cabeza se había repetido. A lo mejor, el cambio de aires y la hierbabuena habían sido su remedio. Pero eso sí, ahora ya era bueno despedirse para evitar ser una carga.

¿Irse de la casa? ¿Se imaginaba lo que estaba diciendo? ¿Irse hacia dónde?... Pero si aquí estaba bien... No, de ninguna manera. Doña Gloria y don Adriano, Marcela y Pilar, las hijas que vivían en casa, y también los otros hijos que vivían cerca de allí: todos se opusieron a la pretensión de la abuelita. De ninguna manera permitirían que se fueran. Y por último, ellos no eran ninguna carga. Además de ayudar en la cocina, doña Asunción se pasaba el día cuidando de los bebés de la familia. Sus padres pasaban un rato por la casa y los dejaban con ella todas las mañanas.

¿Y Doroteo? ¿Acaso no ayudaba en la compra de objetos para el mercado de las pulgas? Además, su formación de auxiliar de Contador le había permitido asesorar a la familia y a muchos inmigrantes amigos en la elaboración de la declaración de impuestos... De ninguna forma, ellos no representaban ninguna carga, e iban a tener que quedarse en la casa porque ya eran parte de la familia.

Así se fueron pasando muy lentos, uno tras otro, los meses en California: era como si el tiempo también se hubiera olvidado de correr, y por su parte la muerte no se atrevía siquiera a tocar la puerta de la casa sobre la que Marcelita había pegado una estampa de San Jorge derrotando al dragón. Los únicos síntomas patológicos de Doroteo consistían en repentinos ataques de estupor que le duraban varias horas, pero que no causaban alarma. En esos momentos, hablaba con los demás pero no se escuchaba hablar, pensaba que no pensaba, soñaba que ya era difunto y circulaba por la casa con los ojos cerrados como si estuviera siendo guiado por su ángel de la guarda. "Doroteo se ha ido a caminar un rato por los cielos", decían. Cuando volvía en sí, era como si estuviera recuperando su cuerpo, como si se lo pusiera de nuevo: algo había en él que no era de este mundo.

Y doña Asunción cavilaba. Si los médicos del país más avanzado del mundo no podían curar a Doroteo, entonces la ciencia no servía para nada. Los hombres estaban viajando a las estrellas, pero no había un médico que curara, por ejemplo, el mal de ojos, la torcedura de espíritu ni el dolor de los amores imposibles, y no se sabía ni siquiera de qué materia están hechos los sueños ni en qué lugar del cuerpo humano está situada el alma. Para nada. La ciencia no servía para nada. Si lo hubiera sabido antes, se habría quedado en Guatemala: un buen maestro curandero allí le habría quitado al muchacho ese terrible dolor de cabeza. ¿Pero, volverse ahora? De ninguna manera. No aguantaría ese viaje el pobrecito. Un momento... ¿no habría acá curanderos como aquellos que allá en Guatemala llamaban arjunes y que nacían con una raya cruzada sobre la frente en forma de cruz?

No, arjunes, no. Pero de los otros sí los había y eran muchos. Pilar León había oído hablar de un maestro ecuatoriano que tenía su consultorio en Mission, un barrio de San Francisco donde viven muchos hispanos, y por supuesto se ofreció a acompañarla. No, no era necesario que Doroteo fuera con ellas. Bastaba con llevar una prenda suya: tal vez un pañuelo. ¿Cuándo la llevaría? Ahora ya era viernes por la tarde. El próximo lunes, con toda seguridad, irían juntas a Mission.

¿Esperar hasta el lunes? "No, hijita, no estamos para darle tiempo al tiempo. Ese hombre va a curar a Doroteo, como que me llamo Asunción". La convenció, y partieron. Dos horas más tarde, después de haber cruzado el Bay Bridge a más de la velocidad tolerada y de haberse perdido largo rato en calles sospechosas, arribaron al tercer piso de un hotelucho infame y lograron entrevistarse con don Manuelito, el maestro ecuatoriano.

–Pero, qué lástima, ¿no? –Les explicó que no iba a poder atenderlas ese día porque lamentablemente habían llegado tarde.

–La señora viene desde Guatemala, tiene a su hijo muy malito. Ande, don Manuelito, no se fije tanto en la hora. Ni que fuera gringo.

No, no se trataba de eso. Si por él fuera... Si por él fuera, pero tenía órdenes muy estrictas. Órdenes de arriba. En cambio, el lunes sí. Ese día tendrían prioridad sobre los otros pacientes, y ni siquiera tendrían que pagar por la consulta.

¿Pero qué órdenes de arriba podían ser tan poderosas para no atenderlas ahora mismo?

Se lo reveló. Don Manuelito curaba a sus enfermos asesorado por tres médicos difuntos que examinaban al paciente y deliberaban en el cielo.

–¿Qué hora tiene usted en su reloj? Las cinco y cuarto, ¿no? Como en el mío. Lo que pasa es que ellos atienden nomás hasta las cinco. A estas horas ya han cerrado su consultorio.

Claro que esperarían hasta el lunes.

–No te preocupes tanto, Pilarcita –le rogó doña Asunción y le aseguró que pensándolo bien, no había tanto apuro porque Doroteo ya estaba recuperándose. Su único problema era que se escapaba del mundo por minutos.

Pero no sabía que le esperaba una sorpresa. Doña Asunción había cumplido setenta y nueve años en Los Ángeles y llegaría a los ochenta en Berkeley. Al llegar a casa, luego de la fallida visita al curandero, se encontró con una fiesta que los León habían organizado en su honor y que habría de congregar un poco más de ochenta personas.

En la reunión, la señora se encontró nuevamente con el catedrático peruano y le aconsejó que se protegiera contra el mal de sombras: una enfermedad que atacaba a los escritores y que consiste en sufrir un repentino ataque de pánico en los caminos, resultado de entrar y salir con demasiada prisa del mundo de sus criaturas.

A veces a uno podía partírsele la sombra. Fueron interrumpidos por un cantante argentino que se hacía llamar *El Chansonnier de las Américas*. "Sombrita, vuélvete pronto. Vuelve que te voy a extrañar", cantaba con una voz que había diseñado y modulado para que aparentara el olor y el sabor de una insalvable distancia.

–Cuando la gente habla de la sombra, habla del nagual. El que piensa en sombras lo hace porque anda extrañando a su nagual –dijo de pronto doña Asunción y su interlocutor no quiso preguntarle qué era un nagual, porque se dio cuenta de que ella estaba hablando consigo misma, con su alma, como hablan las mujeres cuando están planchando.

–¿Cómo que no sabe lo que es un nagual? Es un pedazo de la sombra. Es un pedazo de nuestra sombra que se nos ha escapado.

Cualquiera podía darse cuenta de que la señora estaba hablándose y probablemente convenciéndose a sí misma. Hablaba como si de pronto hubiera encontrado algo perdido.

–Le explicaré mejor para que usted me comprenda: el mismo día y a la misma hora en que viene al mundo un hombre, nace en el bosque un animalito que será su doble y, desde ese momento, la vida de uno y la del otro quedan atadas para siempre. Ese animal es su nagual. Su salud y su destino están atados a él.

Y si quería saber desde cuándo, también se lo contó: los hombres y las bestias estaban atados desde la época del pecado de Adán, y estarían así hasta el fin del mundo. Sí, claro, por supuesto, eso significaba que la salud de un hombre dependía de la de su nagual.

–¿En el Perú no le han enseñado eso? Eso lo sabe cualquier niño en Guatemala. En fin... Ahora, quisiera que usted me despeje una duda. ¿Sabe usted en qué parte de los Estados Unidos podría hallar un bosque tan grande, pero tan grande que puedan vivir en él todas las especies animales de hoy y también las que no existen ahora, pero que ya estamos viendo en sueños?

El escritor le respondió que, sin lugar a dudas, ese lugar era Oregon, el estado que se encuentra al norte de California, y añadió que, según un informe científico, cada primavera aparecían allí árboles que todavía no habían sido soñados.

–Entonces, ese es lugar que estoy buscando. Allá podrá curarse mi hijo. Bastará con que encontremos a su nagual...

Pero ella no podía seguir pensando en un nuevo viaje ni en un tipo diferente de curación. No por el momento porque inmediatamente después de la fiesta, el sábado, la desdicha anunciada por los médicos comenzó. Luego de tres sucesivos ataques espasmódicos, Doroteo había caído en un letargo tan profundo que no había forma de despertarlo. No respondió a los llamados de su madre para que tomara la sopa, ni al olor del agua florida que le acercaron para que oliera ni a las gotas de agua bendita que dejaron caer sobre su frente. A las seis de la tarde, llegó el doctor. Era Ramón de León, el simpático gordo tejano que reía como Papá Noel.

Pero esta vez estaba silencioso y reservado. Luego de auscultar al paciente con mucho detenimiento, como si estuviera atendiendo a un niño, se encaró con doña Asunción, ya no era necesario ni siquiera hacerle exámenes de laboratorio. Ahora estaba claro que Doroteo estaba muriendo dulcemente.

Ha durado más de un año desde que le pronosticaron el fin. No ha tenido dolores durante todo ese tiempo. Eso, sinceramente, señora, es un milagro. Ahora tampoco va a sufrir porque de un momento a otro se encontrará en sueños con la muerte.

¿Cuánto tiempo más iba a durar? Eso no lo sabía con precisión. Ya había cesado el funcionamiento del cerebro. Ahora sólo faltaba que el corazón sufriera un colapso. Eso podría producirse en unas horas.

Instaló el suero intravenoso con muy poca convicción de que aquello sirviera para algo, y antes de marcharse: "Este hombre está agonizando y le quedan pocas horas de vida. Quizás tres. Horas más, horas menos, pero no llega al domingo", pronosticó.

Llamado por los León, un sacerdote llegó al rato. Era el padre Mark, Marquitos para sus feligreses hispanohablantes, y tenía su parroquia en Independence, Oregon, pero se hallaba en Berkeley acudiendo a un cursillo de Teología de la Liberación. Impuso los santos óleos al durmiente y comenzó a rezar una oración larga y triste, que se iba elevando como el humo hacia un cielo muy alto. Allá arriba, seguramente los ángeles entonaban himnos de gloria, tocaban clarines y hacían sonar campanas mientras se aprestaban a esperar a Doroteo.

Cuando cesó el rezo, todo quedó en silencio y todos se miraron como si ya estuvieran muertos. Por su parte, Doroteo tenía una sonrisa plácida y los párpados entrecerrados. Estaba, pero ya no estaba. Acaso ya había terminado de perder la sombra. Era evidente que había comenzado a habitar los dominios de la muerte.

–Recemos para que nuestro hermano Doroteo alcance la paz y la luz de los bienaventurados muy pronto.

"No tan pronto. No vaya tan rápido, padre". Lo pensó, pero no lo dijo, de puro bien educada doña Asunción. "Y de puro bien educada no le pregunté que cómo era posible que los sacerdotes de hoy no creyeran en los milagros". Cuando el sacerdote y el médico se hubieron marchado, anunció sus propósitos a la familia con un tono que no dejaba lugar a réplica: definitivamente, no confiaba en el diagnóstico del médico tejano y, en cuanto a lo dicho por el padre Mark, ella rezaría, sí, pero de ninguna forma iba a pedir que aceptaran a su hijo ahora mismo en el cielo.

Todavía no era el momento. Ahora iba a rezar a Dios para implorarle que de una vez por todas curara al muchacho, y que corrigiera a tiempo la grave injusticia que iba a cometer llevándose prematuramente a un hombre que siempre había sido un buen hijo y un cristiano excelente.

Gloria de León la acompañó en el rezo de un rosario de quince misterios, y después la dejó sola en su plática con Dios. Aquella era una conversación en la que Dios no llevaba la mejor parte: doña Asunción le increpaba lo injusto que era y le hacía recordar lo gentil y noblecito que había sido Doroteo y lo lindo que se le había visto el día de su primera comunión cuando apenas tenía diez años. Y Dios no la dejaría mentir cuando ella decía que este joven había sido un ciudadano modelo y un esposo ejemplar, que había sufrido, como debió sufrir Nuestro Señor en el Monte de los Olivos, cuando su esposa murió en el trance del parto, y que no se había vuelto a casar porque quería permanecer fiel a ese recuerdo, y había sido durante toda su madurez el sostén de su madre anciana y el ejemplo de toda su familia. ¿Era justo que así como así se lo llevara? "No, Diosito, parece que aquí sí te equivocaste".

Quienes comenzaron a equivocarse fueron el médico, la ciencia y la propia naturaleza porque el hombre, clínicamente muerto, sobrevivió al sábado y llegó al domingo, y también a la tarde del domingo al lado de una madre que había pasado de increpar a Dios a darle buenos consejos como si también fuera su hijo. Al final, cuando llegó el lunes, Doroteo seguía viviendo, lo que ya era un prodigio, aunque doña Asunción lo sintiera completamente normal, como el alba o la luz, como el amor o los árboles, como son de normales los milagros.

Muy temprano, el lunes, le rogó a Pilar León que la llevara a ver a don Manuelito: "Tenemos una cita para ahora, no te olvides, y por mi Doroteo no te aflijas. A él lo cuida Dios, y allí estará esperándonos hasta la vuelta. Y vamos ya que no quiero llegar tarde al consultorio otra vez".

Llegaron a la hora, y fueron recibidas de manera muy cariñosa por el maestro quien se puso de inmediato a auscultar el pañuelo que le habían llevado, y con el cual habían secado la cara del enfermo.

Contuvo en la boca un sorbo de agua florida, y luego lo escupió sobre la tela, pero nada extraordinario ocurrió. Entonces repitió la operación mientras rezaba entre dientes una oración secreta y, sin embargo, el pañuelo continuó siendo pañuelo, y nada quizás cambió en el universo. Entonces, muy preocupado, puso el oído sobre el pañuelo y sólo atinó a escuchar una vieja canción ranchera que se había perdido en el otro mundo. Pero no olió ni vio el alma de Doroteo.

–No, esto no es posible. No, de ninguna manera. Este hombre ya no está aquí. Lo siento, pero ya no está en esta vida.

No se conformó con su propio diagnóstico: tenía que confirmarlo con la opinión de los médicos invisibles. Los llamó con urgencia, pero aquellos no acudieron.

Cuando al fin pudo ubicarlos cerca del Purgatorio, le dijeron que desgraciadamente ya nada podía hacerse, y cuando don Manuelito insistió, ellos dale con que ya no podían hacer nada, le dijeron que no, que ya habían visto al espíritu de Doroteo dando vueltas por diversos lugares del cielo.

De regreso a casa, doña Asunción le explicó a Pilar la causa por la cual creía que, incluso, aquel diagnóstico sobrenatural también estaba equivocado.

—Aunque estén en el otro mundo, no dejan de ser médicos.

Y cuando llegaron, por cierto que Doroteo seguía viviendo. Y también al día siguiente y en los días que completaban la semana. Aquello convenció a los León de que los milagros eran algo más cotidiano de lo que antes habían supuesto, y se entregaron por completo a la tarea de apoyar a la anciana con la seguridad de que Dios atendía las veinticuatro horas, solía hacer la siesta en las casas de los pobres y era capaz de aceptar, sin ofenderse, las críticas y los reproches de una madre anciana.

En los días que siguieron, doña Asunción recorrió Berkeley, OakIand, San Francisco y prácticamente toda el área de la Bahía acompañada por alguno de los miembros de la familia, a veces por Diana, *El Chansonnier de las Américas*, el escéptico médico tejano o cualquiera de los amigos que había conocido en la casa de los León. Uno tras de otro, visitaron curanderos, parapsicólogos, rezadores, lamas, brujos, naturistas, acupunturistas, quiroprácticos, espiritistas, homeópatas, yogas y herbolarios con la seguridad de que en algún momento encontrarían el remedio. Mientras tanto, el estado del enfermo permanecía estacionado en un coma tan portentoso como infinito.

Mariano y Josefina, "primeros mentalistas de prestigio mundial", recibieron la llamada de doña Asunción con más asombro que alegría porque no estaban acostumbrados a esa clase de clientes. Usualmente tenían una hora de emisión en una radio en español, y allí leían cartas de supuestos clientes agradecidos por su capacidad para hacer frente a la envidia y solucionar problemas en el trabajo, para conjurar novias con mal aliento y apagar ensalmos de magia negra o para ubicar y devolver esposas fugitivas y objetos robados, y por lo tanto, sus clientes eran jóvenes hispanas suspirantes, parejas mal avenidas o comerciantes con mucho dinero y poca suerte, o al revés. Pero no precisamente una anciana empecinada en mantener vivo a su hijo. No la hubieran recibido jamás si no hubiera sido porque su voz se metió en el aire en la hora de mayor sintonía.

"¿Cómo dijo que se llama? ¿Asunción? Dijo usted que se llamaba... Asunción, ¡qué hermoso nombre! ¿Y de dónde se reporta?... Señoras y señores, nos están llamando desde Berkeley, California. Nada menos que desde California por las ondas del éter, hasta el estudio de su radio amiga en Oregon. ¿Y en qué se la puede servir, señora?".

"¿Cómo dijo? ¿Que si podemos sacar del coma a un joven que siempre ha sido respetuoso con sus padres y que permanece en coma sin morirse debido a un milagro de la Virgen?… ¿Esto es una broma? Oye, Josefina, esta no es ninguna de las grabaciones que teníamos preparadas…".

"Cállate, que estamos saliendo al aire… Pronto, mete la cortina musical".

(Sonido de gong. Acordes de la Quinta Sinfonía.)

Por el teléfono interno, en confidencia y fuera de la emisión, hablaron con doña Asunción y ella les explicó su problema, pero los primeros mentalistas de prestigio mundial no tuvieron alma para engañarla, y se limitaron a decirle que le enviarían por correo una copia del Cristo Afortunado y otra del Escapulario de los Tres Deseos, milagrosísimas reliquias que ellos acababan de traer de Tierra Santa, y de las que justamente ahora estaban haciendo una promoción a través de las ondas de su radio amiga.

Pero no cesó allí la búsqueda del remedio. "Ya estoy vieja. No me queda mucho tiempo para cansarme ni para deprimirme". *El Chansonnier de las Américas* la llevó a ver a un grupo religioso oriental cuyos miembros curaban de una manera prodigiosa. Mantenían las palmas de las manos a menos de un metro del paciente al tiempo que recitaban oraciones en japonés antiguo. El servicio era gratuito y la mayoría de los practicantes eran hispanos voluntarios que podían rezar, sin cansarse, una oración que duraba dos horas y que ellos no comprendían. Y, por último, el templo en el que curaban era una pagoda que había sido traída por los cielos desde el Japón hasta San Francisco.

No pudieron curar al paciente, pero encontraron la explicación de sus males, la cual era sencilla: en una calle de Guatemala, un día Doroteo había estado comiendo una manzana. Cuando sólo le quedó el centro, en vez de guardarlo para llevarlo a un depósito de basura, lo tiró sobre un jardín. Allí había caído sobre la cabeza de un duende famoso por su mal genio y por ser muy cuidadoso de las buenas maneras. Lo que, en esos momentos, debería haber hecho Doroteo era recitar una oración en japonés antiguo, pero no se sabía ninguna, y el duende enfurecido se metió dentro de su cabeza. Ahora ya había pasado mucho tiempo y había desaparecido la posibilidad de salvarlo. El problema, sencillo al principio, se había tornado insoluble. Ni más ni menos de la forma como una gripe mal curada puede convertirse en tuberculosis.

Diana conocía otro lugar de curaciones prodigiosas: el centro taoísta. Antes de ir allí, solía tomar vitamina B para no pelearse con su enamorado. Ahora, gracias a la ciencia del Tao, ya no era necesario... Las atendió el maestro Si Fu, un venerable anciano oriental cuyo método de diagnóstico era la toma del pulso. Asía la muñeca del paciente, pero en vez de contar los latidos, trataba de ver si hacían música. Como sobre un piano, iba tocando: do, re, mi, fa, sol, la, si. Si, la, sol, fa, mi, re, do. En caso positivo, si los latidos eran rítmicos, la persona gozaba de buena salud. De otra manera, el maestro tenía que afinar al paciente.

Pero las venas de Doroteo no daban el Yin ni el Yan: hacía tiempo, la música se había escapado de su cuerpo. Desesperado, el maestro aplicó el oído a la muñeca, y sólo pudo oír las notas de un piano muy lejano que probablemente estaba siendo tocado, en las alturas, por un ángel del cielo.

El enfermo había cumplido catorce días en estado de inconsciencia, mientras su madre transitaba cada día del fracaso a una nueva esperanza. Pero eso no significaba que dejara de atenderlo personalmente. De regreso a casa, por la noche, le cambiaba el suero y rezaba a su lado como cuando él era un niño y le pedía que repitiera, aunque fuera en sueños, una larga oración que terminaba rogando a Dios por los pobres, por los enfermos, por los que sufren injusticias, por los que se han perdido en el mar. Y, por supuesto, también por los niños obedientes.

¿Faltaba alguien por visitar? ¿Nadie? ¿Cómo que nadie? ¿Y quién es *La Dama Mágica del Caribe*?

–No, de ninguna manera. Eso jamás –*El Chansonnier de las Américas* se opuso terminantemente a esa visita, pero omitió las razones de su negativa. De hombre a hombre, le confió a don Adriano que se trataba de una venezolana cuyo verdadero nombre era Rosa Granadillo. Cantaba en un casino. Curaba del mal de arrugas, con aplicaciones de ginseng y miel de abeja. Conocía la ciencia de leer en la palma de la mano y su poder era grande, tan grande como sus celos porque se pasaba la noche leyendo la mano de su esposo.

¿Y cómo sabía tanto acerca de ella?... Muy sencillo. Cantaban en los mismos restaurantes hispanos y ella era su más tenaz competidora. Pero esa no era la razón para que se opusiera a que la vieran. Lo hacía porque no consideraba correcto que una dama como doña Asunción se entrevistara con la Granadillo... Más detalles: hacía delirar a los hombres, y los conducía al extravío y la locura con tan sólo cantar en una nota muy especial. *El Chansonnier* habló como si no hablara, susurró, por temor de ser escuchado. Pero sus ojos y sus manos hablaron, y doña Asunción escuchó.

–¿Dónde dices que vive?... Iremos a verla inmediatamente.

Cuando la encontraron, *La Dama Mágica del Caribe* se hallaba solucionando el problema de un mexicano que no tenía los papeles en regla. "Ya está. Ponte este perfume al salir de tu casa hacia el trabajo. Si un envidioso te denuncia, se le caerá la lengua. Y los de la *migra* no te verán, y si te ven no podrán perseguirte porque de pronto los envolverá la música y comenzarán a bailar merengue".

Atendió a la anciana con cariño, pero ella tampoco podía ayudarla, y se lo dijo. Sus poderes alcanzaban para escuchar conversaciones que se estaban produciendo en otro lado del planeta o para ver a los barcos que habían zarpado del puerto hacía tres semanas, pero no servían para volver a encender un cirio que ya se había apagado en el otro mundo. Muerte y muerte, lo único que vio fue muerte.

–¿Y quién es esta Madame Divah? ¿Una adivina? Vamos pronto a verla que es la última que falta. No nos queda mucho tiempo.

La mujer barajó, partió el mazo en dos montones y le pidió a doña Asunción que descubriera siete cartas que resultaron malas.

Pésimas cartas: el Rey de Copas se alejaba corriendo, la Princesa de Bastos estaba vestida de enfermera, la Reina Curandera guiñaba un ojo sin decir ni que sí ni que no, la Carta del Maestro no tenía mensajes porque el Maestro estaba muy ocupado reconstruyendo el destino de una pareja infortunada. Las otras tres cartas eran el Candado, la Tranca y la Muerte.

Barajó otra vez, y nada: no había personas ni mucho menos mensajes, era como si el tiempo y los destinos de todos los habitantes del planeta se hubieran evaporado de repente. Para salvar al planeta de una posible catástrofe universal, cambió de baraja y lentamente volvieron a aparecer las cartas habladoras. Entonces, Madame Divah leyó en una carta la historia de miles de hombres, mujeres y niños que subían cerros, cruzaban la frontera, trabajaban como peones agrícolas y, después de muertos, se iban caminando debajo de la tierra para descansar en su patria del sur. Y en otra carta, no había historia alguna sino una campana muerta cuyo sonido se desparramaba sobre la redondez de la tierra. Y en otra carta, había un grupo de mujeres caminando y caminando: "Es la carta de las madres ancianas. Como puede usted fijarse, tienen la mitad del alma en el Paraíso".

Que, por favor, ubicara pronto la carta de Doroteo. "¿Cuál dice usted que es?... ¿Esa?... Pero, ese no es un hombre.

No, no lo era. Era una mujer de mirada larga y de dulces ojos que por ratos eran negros y por largos momentos, azules.

–Bonita, ¿no? Pues, vea usted. Esa gringuita es la Muerte, y resulta que anda buscando a Doroteo.

Cuando se acabó la lista de curanderos mágicos, ya era el día trigésimo tercero del coma, y a la señora no le quedaba otra ocupación que permanecer en casa, cambiar el suero del paciente, mantenerlo aseado y fragante, y rogarle de vez en cuando que de una vez por todas despertara "porque lo que es yo, hijito, ya estoy comenzando a preocuparme". Aquella misma tarde, recibieron una visita inesperada. Era nada menos que Gabriel, el Ángel Gabriel como lo llamaban, el amigo de Los Ángeles, el *coyote* que los había ayudado a entrar en los Estados Unidos y en cuya casa habían sido tan felices.

–Ex *coyote*. Si me hace el favor, abuelita –corrigió el Ángel Gabriel. Y le contó que muchas cosas habían cambiado en su vida desde el tiempo en que no se veían. En primer lugar, había cambiado de profesión: en vista de que tenía la facultad de resucitar carros viejos, se había dedicado a la mecánica. Había puesto un taller y su negocio era próspero.

En segundo lugar: "Sorpresa: asómese a la ventana, y lo verá". Lo que vio la señora no lo terminó de ver porque era una interminable casa rodante –compuesta de varios vagones– que daba la vuelta a la esquina y había sido construida, al igual que el vehículo anterior, con restos de carros diferentes y material de desecho. Desde la ventana hasta la esquina, podían verse dos dormitorios. "Y no sabe usted lo que viene después".

Los colores de la bandera mexicana pintados en ondas sobre cada vagón le conferían unidad al conjunto: "No. Usted no sabe lo que viene después".

Primero estaba la cabina del chofer y la sala. El otro vagón era el dormitorio principal y la cocina. Le seguía el vagón de huéspedes. "Los dos que vienen a continuación serán ocupados por usted y Doroteo. Porque ustedes se vienen a vivir con nosotros", anunció.

¿Nosotros? Gabriel se había casado con una linda chica mexicana, "legal, sin problemas".

"Se llama Elisa, ¿sabe?, ¿y sabe usted lo que significa llamarse Elisa?". Elisa llegaría esa tarde por avión y estaba encantada "de saber que va a vivir con usted, porque, sabe usted, ella nunca conoció a su abuelita".

Ahora se estaban dirigiendo a Oregon.

–¿Dónde dices?

–A Oregon, claro que a Oregon.

–¿Un país colmado de bosques?

–Correcto. Allí mismo.

–¿Donde crecen árboles que nunca han sido soñados?

–Pues la verdad que no lo sé. Pero sí, creo que sí.

–¿Y entre los árboles hay miles de naguales?

–Pues mire que no lo sé. Pero si usted lo dice...

Hacía un tiempo, Gabriel había comenzado un excelente negocio de compra y venta de árboles de Navidad. Ahora viajaba al lugar donde crecían y pensaba establecerse en un pueblo llamado Independence donde también se dedicaría a la mecánica, y le habían contado que cerca de allí había una universidad excelente.

–Me han dicho que se llama Western, y a lo mejor me doy tiempo para continuar estudiando.

Para lograr todo eso, iba a ser necesario e imprescindible que doña Asunción y Doroteo viajaran con ellos: "Ni Elisita ni yo podemos manejar una casa sin la experiencia de una persona como usted".

Y llegando nomás, los León le habían venido con la noticia de que Doroteo no se quería levantar de la cama. No, no le habían contado más. No habían tenido tiempo porque él había entrado corriendo a buscar a la abuelita. ¿Cómo que no se quería levantar? ¿Había salido de parranda la noche, anterior? ¿Se había pasado de tragos? No, que don Doroteo, pero eso nos pasa a todos los hombres. No es para que usted se enoje, abuelita. ¿Cómo que no era cuestión de tragos? ¿Se estaba portando mal Doroteo? No, eso ni pensarlo.

Pero doña Asunción no respondió a ninguna de sus preguntas porque estaba transfigurada. De repente, preguntó:

–¿Estás realmente hablando de Oregon? ¿De los bosques de Oregon? ¿De Oregon Oregon?

–Pues sí. Le estoy, hablando de Oregon Oregon, y si usted quiere Oregon Oregon Oregon.

Allí solamente había árboles y gente. Allí terminaban la vida y la muerte. Allí comenzaba una eternidad de pinos y gansos salvajes, águilas y cedros, golondrinas y sicomoros, osos y halcones. De allí los salmones zarpaban hacia el Japón, conocían el Asia y se regresaban al rincón donde habían nacido. Por su costa pasaban las ballenas entonando un canto a los amores lejanos. Y allí continuaba otra eternidad de mapaches y pavos reales, picaflores y cuervos, pumas y sauces, olmos, llamas, truchas, patos, zarigüeyas y salmones.

–Y también naguales –aseguró doña Asunción.

–¿Cómo dijo? –preguntó Gabriel–. Oh, sí naguales. Pues qué mala suerte que Doroteo no se quiera levantar porque eso nos va a retardar un poquito. Lo que pensaba era ir con ustedes al aeropuerto, recibir a Elisa y seguir el viaje de allí nomás hacia Oregon.

–Espérate un momento –dicen que dijo doña Asunción. Todo lo que se sabe es eso, pero nadie está seguro.

–Anda arrancando esa máquina –aseguran otros que dijo, y que entró en el cuarto de su hijo. ¿Qué le diría? No se sabe. ¿Cuánto tiempo hablaría? ¿Hablarían? No se puede decir. Algunos comentan que lo amenazó con castigarlo. Otros sostienen que le habló de los bosques de Oregon donde la gente encontraba su nagual y su sombra, donde el espacio entre árbol y árbol comenzaba a ser ocupado por el amor.

Otros aseguran que no fue así: dicen que la muerte llegó por fin a Berkeley y tocó la puerta, y que la señora Asunción le salió al frente, de mujer a mujer, de muerte a muerte, y que un pájaro comenzó a cantar, muy seguro de sí mismo, sobre un árbol de enfrente hasta que la muerte se fue y el árbol se convirtió en sombra y en olvido.

La verdad es que se fueron con el Ángel Gabriel. Por lo menos eso es lo que dicen que dijo don Adriano León quien vio a la madre y al hijo salir corriendo, lentos y seguros, como en cámara lenta e ingresar en la casa rodante. De lo que todos están seguros es que, mucho tiempo después de que el carro se hubo hundido en el horizonte, un resplandor de muchos colores los siguió flotando sobre el camino. Lo que otras personas dicen es que se los llevó un ángel, y punto.

Confesión de Florcita

Solamente la mano de Dios podrá detenerme. Y eso si es que a Dios se le ocurre bajar a la tierra, entrar en mi casa, meterse de tercero, comprarse este pleito y rogarme de rodillas que lo piense bonito, que no abandone este hogar cristiano y que no me separe de ese maldito de Santiago por la simple razón de que lo que Dios ha unido no lo separe nadie y con la firme promesa de darnos allá arriba, cuando seamos difuntos, una casa más decente que esta. Como si a Santiago le gustara de veras vivir en una casa. Y ahora que lo pienso, no sería raro que le agarre el gusto a morirse aunque sea nomás por conocer otros aires, remontar esas nubes altas y rosadas, mariposear por los caminos que hay detrás de la luna y llegar contento al reino de los cielos donde, según me han informado, los ángeles se pasan la vida cantando, y para las benditas ánimas no hay más trabajo que adular a Dios, tocar el arpa, y sabe Dios qué diversiones más habrá allá arriba, donde también me han contado que todo es caminar.

No, amigo, gracias por el buen consejo porque ya lo adivino aunque todavía no me lo haya dado. Solamente la mano de Dios podrá deshacer estas maletas, devolver mis trapos al ropero, hacer que mis pies vuelvan hasta la cocina y que mis manos preparen su plato favorito y que mi corazón palpite por la alegría de esperarlo y que mi boca esté lista para decirle sin decirle que comprendo sus dos días de ausencia y que comprendo la borrachera en que seguramente va a llegar, porque eso de no encontrar un empleo adecuado ocasiona traumas psicológicos en una persona tan sensible como Santiago, según él mismo lo dice, y como le digo, por fin, solamente la mano de Dios hará que luego mis oídos estén atentos para escuchar lo que me dirá, o sea que a él no le importa que yo comprenda lo que tengo que comprender, y que si esta situación no me gusta ya sé lo que tengo que hacer, porque la maldición de los hombres son las malditas mujeres, y aquí se acaba la historia si esos son tus pareceres.

Si Dios me quita la vida antes que a él, y si por razón de haber sufrido tanto en la tierra se le ocurre admitirme en el Paraíso, voy a pedirle a San Pedro que me dé licencia por algunas horitas para bajar al infierno y entrevistarme con el diablo a fin de enterarlo, por si acaso no lo supiera, de todas las cosas que me ha hecho Santiago, de cómo me sedujo con palabras bonitas y ha vivido conmigo doce años, de los cuales uno o dos trabajó, si es que eso se llama trabajar, y el resto vivió de lo que me dejaron mis padres y de lo poco que a él le dejaron los suyos, de la generosidad de sus amigos y de mi costura para señoras y señoritas decentes, es decir de las pocas que han seguido siendo mis clientes durante todo este tiempo, porque lo que es las otras se asustaron de tan sólo sentirlo llegar cuando estaba a punto de entrar a la casa y ya podían distinguirlo por su olor agrio de tabaco, por los incendios que venía gritando y por el ruido de las botellas vacías al caer sobre las veredas, y otras más bien no lo aguantaron nada más al descubrir que había dispuesto varios espejos, cada uno enfrente del otro desde el probador hasta el dormitorio, para ver qué es lo que hacían allí nada más que por curiosidad científica, según me dijo.

Y le contaré también de las madrugadas en que se metía dentro de mis sueños para ordenarme que despertara y que preparara un caldo de gallina de pata negra para él y para sus amigos que venían llegando de un compromiso social muy importante. Y cuando yo comenzaba a protestar por su haraganería, por la mala vida que me daba, por el sabor de soledad que esta casa tenía y por la envidia que ya les iba sintiendo a los muertitos por haber pasado a mejor vida, cuántas veces no me dijo delante de sus amigos, y usted no me dejará mentir porque estaba entre ellos, que haragán no era sino que nunca había tenido suerte, y que los empleos que le ofrecían no guardaban correspondencia con su origen social, y que yo no tenía de qué quejarme porque si no hubiera sido por él me habría quedado en el lodazal donde nací, entre gente sin alcurnia ni modales, y que de qué me quejaba si toda la culpa era mía porque no había sabido cumplir con ese sabio consejo que siempre dan las abuelas de que una mujer casada debe ser una señora en la calle y una puta en su casa, y que de qué me quejaba si él había venido a mejorarme la raza, y que de qué me quejaba porque si no me la había llegado a mejorar era porque yo no sabía tener hijos ni fructificar su semilla, ni más ni menos como las gallinas hueras. Y cuando yo le cuente todas estas noticias al demonio, y el demonio en gratitud me diga: "Gracias, hijita, por haberme ayudado a condenar a un alma, y cuenta conmigo, y pídeme la gracia que quieras, porque te la doy ahora mismo", allí mismito le pediría la gracia de que me dejara una ventanita para mirar a Santiago su primer día y su primera noche en el infierno, y de rodillas le rogaría que no le diera fuego ardiente ni carbón molido ni mucho menos trabajos forzados a mi querido consorte sino más bien una casa bonita y caliente donde compartir la existencia, que allá será eterna, con una mujer de su misma clase y de un apellido tan ilustre como el suyo, que nomás al verlo llegar al infierno le diga: "Qué horas son estas de llegar, querido, lávate la cara que pareces muerto, y qué olor de aguardiente traes si parece que hubieras venido de un velorio de pobres, y qué tienes, por qué pones esa cara de fantasma, da la impresión de que no te gustan mis ruleros, y a ver cuéntame cómo es eso de que no traes nada de dinero, tú crees que yo me creo esas historias de que nadie se lleva nada a la otra vida. Claro, al señor Santiago no le importa el qué dirán, y por eso no se ha planchado los pantalones, y lleva el terno que parece una mortaja. Cómo se ve, querido, que no sabes lo que es la vida". Pero Santiago tendrá bastante tiempo para saber lo que es la vida porque la vida será eterna para él y su nueva esposa. Y yo tan sólo me contento con tener una ventanilla para mirar su felicidad conyugal un día y una noche, o sea solamente veinticuatro horas, pero todo el mundo sabe que veinticuatro horas para nuestros relojes equivalen a veinticuatro mil siglos para los condenados al infierno.

Por todo eso, ya le digo, amigo, que solamente la mano de Dios podrá detenerme ahora que he decidido irme de la casa. Y le pido mil disculpas a usted por no hacerlo pasar y rogarle que esperemos a Santiago juntos. Y le vuelvo a suplicar que me disculpe por no aceptar su buen consejo de perdonar a Santiago, esperar su sincero dolor de corazón, aceptar su propósito de enmienda, olvidar rencores, disipar malos entendimientos e iniciar con él una nueva vida... Aunque pensándolo bien, clarito ahora veo que usted tiene razón por lo menos en una parte de su discurso cuando me dice que, antes de irme, espere a Santiago para decirle adiós, y yo creo que eso es lo que voy a hacer, y cuando él llegue, verá primero mi maleta, y la vida al revés, y la soledad que lo espera, y vendrá hasta mí que lo estaré esperando, fría, desdeñosa, inapetente, y me dirá con palabras dulces y bonitas: "¿Dónde estás, mujer, que ya no estás dentro de ti? ¿Dónde estás que estás helada y que parece que te hubieras alejado del mundo, y una sombra hay en ti como si te hubieran tragado las sombras, y una ausencia inminente brota en ti como si ya te hubieras ido de esta casa, en una balsa rumbo al mar o en un mar rumbo a la vida?". Y yo seguiré allí, altiva, fría y desdeñosa: firme en mi voluntad de irme, ajena a sus promesas mentirosas, elegante como él cuando me dice que no trabaja porque es de mal gusto, bien vestida, arreglada como siempre debería haber estado y con una sonrisa que nada dice, pero que mata con el puñal de un antiguo desprecio. No, señor, yo me iré, y así se lo voy a decir, y por eso ahora mismo voy a secarme las lágrimas y a maquillarme para que me recuerde soñadora y ardiente como deben ser las mujeres, y para que se lamente eternamente por lo que ha perdido, y una vez que haya terminado de arreglarme, me sentaré en esta silla para esperarlo, para conversar con él cuando llegue, para pedirle que comprenda, para que sepa que no voy a volver con él, para suplicarle que se ponga tranquilo y que no llore porque los hombres no lloran, para hacerle entender que para decir adiós sólo basta con decirlo, y para decirle por fin que debemos quedar como buenos amigos. Para todo esto, lo estoy esperando, pero, Dios mío, ojalá que llegue pronto antes de que se me vaya a pasar esta cólera.

La muerte se confiesa

Ahora ya sé cómo es la muerte. Es toda una dama. De pura casualidad la vi ayer por la tarde en el jardín, mientras ella se andaba abanicando como hace ahora todo el mundo con estos calores. No sé si al mismo tiempo se miraba en un espejo o tan sólo observaba el aire para encontrar allí algún recuerdo que se le había perdido; lo cierto es que parecía que ese recuerdo la andaba esquivando.

Pensé que no me había visto e hice un rodeo para no pasar junto a ella, y eso no porque no quería que me viera sino porque me parecía incorrecto molestarla. "Gracias por tu gentileza, hijito, se nota que eres realmente un caballero", me dijo una voz que clarito era su voz, pero que parecía estar dentro de mí naciendo. Ya sé que lo haces por cortesía, y haces bien porque tú todavía no tienes que preocuparte: no es tu hora. Más bien, pasé por aquí porque voy a visitar a tu vecino, y quise descansar un rato; además, me encanta la mecedora blanca que tienes aquí. ¿La tienes desde hace mucho tiempo? Caramba, ahora sí parece que me estoy poniendo vieja, pero claro si fue de tu abuelita que te la dejó en herencia, y me acuerdo perfectamente de la vez en que vine por ella, y hacía un calor de los demonios, de modo que me senté a descansar mientras le dejaba tiempo al cura para darle los últimos sacramentos; y tu abuelita: no vaya tan rápido, padre, le dijo al cura; deje que descanse un poco esa señora. ¿A qué señora te refieres, hijita? A la muerte, dijo tu abuelita, que acaba de llegar, y está balanceándose en la mecedora. Pobrecita, debe de estar muy cansada, a ver si le ofrecemos un refresco.

¡Qué mujer tu abuelita! ¡No, de ella te viene que me caigas tan simpático! Otra vez, usted, con sus fantasías, cómo que está viendo a la muerte, si todos sabemos que la muerte es esencia, pero no es forma; ¡Ay, padre!, déjese de metafísicas, y ofrézcale un traguito de esos que están en la despensa escondidos para mi velorio. A ver, háblele en latín. A lo mejor ella lo comprende. Y el cura dale con que la muerte no existe, doña Filomena, por lo menos en su forma física, es decir, como usted y yo nos vemos. Aguante un rato, padre, que parece que mientras hablábamos, la señora esa que usted dice que no es la muerte se ha quedado dormida. Y yo que fingía dormir para darle tiempo a tu abuelita para que se pusiera en forma. Ah, qué mujer tan simpática. A propósito, hijo, ¿sabes qué ha sido del padre Fernando?, porque ese hombre ya debe estar muy viejo, y no recuerdo haberlo visto en ninguna de mis listas. ¿No se me estará pasando? Pero, claro. Ese es el que faltaba. Ayer estuve haciendo cuentas, y no cuadraban. A ver, claro, es uno que debió morir en 1965, o sea que se ha pasado más de treinta años. Pero ¡qué bárbaro!, este hombre debe de tener ahora ciento quince, y el pobre debe estar loco por verme llegar cuanto antes. ¡Ay, hijo!, lo que es a mí este trabajo ya no me está gustando, y a veces siento unas ganas inaguantables de dejarlo, sobre todo en esta época terrible. Porque como sabrás, hijo, una puede ser todo lo que tú quieras, menos clandestina, y ese es el trabajo que me están dando en tu país. ¡Cómo que no sabes lo que significa para mí andar de clandestina! ¿De veras no lo sabes? Bueno, pues te lo explicaré en palabras sencillas, como para que tú me comprendas: la cuestión es que de un tiempo a esta parte, los militares y la policía han inventado un estado especial que no es la muerte; pero tampoco es la vida, y están metiendo allí a mucha gente, tantos que ya resulta difícil contarlos, y además una se confunde. A un hombre cualquiera lo esperan a la salida de su trabajo o van a buscarlo a medianoche en su casa, echan la puerta abajo, lo obligan a levantarse, lo separan de los suyos, lo llevan a cualquier cuartel o comisaría, y allí se pasan la noche con él demandándole que se declare culpable, culpable de qué, pregunta él, y a lo mejor es tan sólo culpable de haber nacido, y el tiempo se va corriendo asustado para no ver lo que le hacen.

Y por la mañana ya a ese hombre no lo puedes contar en el registro de los seres vivos. Pero tampoco en el de los muertos porque la policía y el ejército ya se habrán encargado de decir que no pudo haber muerto porque tal vez jamás había existido, y si ustedes quieren, entren al cuartel, aquí nunca estuvo ni volverá a estar. Y entonces, ¿qué haces tú si eres la muerte? Nada, hijo, trabajar de clandestina, llevártelo sin llevarlo, cargarlo pero con duda, qué alma va a tener una para hacer ese trabajo. Ay no, hijo, felizmente que ya falta poco para que se acabe el tiempo.

Pero estábamos hablando de la vez en que vine por tu abuelita. Mejor dicho yo te estaba contando que cuando tu abuelita me creyó dormida sobre la mecedora: acérquese padre, porque voy a hablarle de un pecadito, le pidió al padre, al padre... Caramba, otra vez se me fue su nombre. Pero, doña Filomena, a su edad, de qué pecaditos me va a hablar. En todo caso, déjeme contarle un secreto, le dijo en un tono muy bajo, y yo sabía que lo estaba haciendo de puro considerada, como para que yo pudiera echarme esa siesta. Y me parece que hasta allí nada más la escuché, porque gracias a tu abuelita pude dormirme más o menos una media hora.

Cuando desperté, ya se había ido el cura, y ya estaba la viejita esperándome. Ya estoy lista, me pasó la voz, se nota de lejos que viene usted muy cansada y me alegra que haya podido reposar en mi casa. No, ¡qué usted, doña Filomena, es usted muy fina! Ojalá siempre tuviera que tratar con gente como usted, le dije mientras le arreglaba el pelo y la tornaba joven y ligerita para que pudiera acompañarme por esos andares del cielo. Ah, qué dama tan simpática y tan conversadora. Durante todo el camino, me habló de sus amistades y de su familia, incluso me dio algunas recetas de cocina y se lamentó de no tener papel y lapicero para apuntar los ingredientes. Es que usted se va a olvidar, me advirtió, porque se nota que es usted muy distraída, tiene usted el aire típico de los artistas y los intelectuales, y ese vestido negro es muy elegante, siguió diciendo para halagarme.

Conozco algunos escritores, sabe, y tengo un nieto que a lo mejor escribe una historia sobre este encuentro entre nosotras. Y cuando ya volábamos lejísimos del talán talán de su sepelio y estábamos a punto de llegar al Paraíso, me hizo prometerle que siempre que pasara junto a su casa, me detuviera un instante a descansar en la mecedora. ¡Qué falta de confianza!, con lo bien que se la ve a usted después de la siesta. Prometido, doña Filomena, eso es lo que haré, pero no se lo vaya a contar a nadie, le respondí. ¡Ay, por favor, señora!, eso está descontado. Eso sí, quisiera pedirle un favor si es que fuera de su voluntad cumplirlo. Pero por supuesto que lo cumpliré, y gracias por la oportunidad que me da de servir a una persona como usted. Entonces, le pido que si alguna vez se encuentra con mi nieto, dígale que conserve siempre la mecedora, que no la vaya a regalar ni vender y que no se olvide de que era mi silla favorita, y de todo lo que le hablé sobre ese mueble la última vez que nos vimos. Se lo prometí, y mire qué casualidad, ahora estoy cumpliendo con mi promesa, y ya que estamos en confianza, haga como si no me hubiera visto, déjeme tomar una siesta, me pidió la muerte mientras se le cerraban los ojos.

Y mientras la señora muerte dormía, entré en mi casa y en mis recuerdos, y clarito comencé a entender el mensaje de mi abuela. Me acordé de que cuando vine a visitarla, unos meses antes de su partida, ella también había estado gozando de la mecedora: esto es lo que he aprendido de la vida, me dijo. Cuando a alguien ya le toca irse, debe comerse la memoria, ir borrando poco a poco el rastro de los años, y por eso los viejos nos sentamos aquí a olvidar, y a olvidarnos. Y me contó que después de cada siesta la mecedora le comía el recuerdo de un rostro, de una voz o de algún nombre: se me va, se me borra, se hace aire. Justo en ese momento, entendí por qué la muerte se había olvidado del padre Fernando, y comencé a adivinar sus próximos olvidos, y supe que el humor y el amor me vienen de familia, y sentí que alguien me sonreía desde el cielo, y un pájaro se hizo aire y olvido, y entonces el pájaro se fue volando y escuché el murmullo de una apacible siesta en la mecedora, y comencé a pensar lo que le estoy diciendo: por fin he conocido a la muerte, y es toda una dama.

Hello, this is Susan in hot line

Puedes creer que mi nombre es un nombre lánguido y pálido, y puede ser el nombre de un sueño, y como dices parece el nombre de una mujer que nunca hubiera salido a la calle. Y es exactamente como te lo imaginas. Soy rubia y delgada, y mis piernas son largas y lánguidas, y el color de mi cuerpo se parece al color de mi vida. Y el color de mi vida se parece al color de esta habitación de donde nunca he salido, y por eso mi carne tan sólo ha sido calentada por la luz de la luna, y cuando la luna entra en mi cuarto, me desnudo y le muestro todos mis rincones, y me acuesto y me miro y me toco y me huelo y me enrosco y me abro hasta el infinito, hasta que la humedad forma caminos en mis piernas, hasta que todo mi cuerpo es un desierto silencioso y hambriento, hasta que mi silencio se convierte en un gemido, y mis piernas largas, mis muslos dolorosos, mi cadera redonda, mi cintura estrecha, mis senos duros, mis labios abiertos y mis ojos iluminados: toda yo soy un cuerpo solitario, una playa olorosa, una cueva profunda, una herida que palpita, un pensamiento enfermizo y una voz como un aullido que repite tu nombre hasta que le sobra el amor y, le falta la vida.

Si quieres, dame tu nombre. Dame un nombre cualquiera, y te comenzaré a llamar y a reclamar en esta celda donde tan sólo hay una cama caliente y una mujer solitaria. Dime cómo te llamas o cómo quieres que te llame, y te traeré a mis sábanas y a mis sueños. Y mencionaré tu nombre muchas veces cuando rezo desnuda, de rodillas sobre la almohada. Y te rezaré y te traeré a mi vida. Y podrás olerme, y podré tocarte. Y primero nos miraremos con una mirada fría como el frío que, en este instante, eriza mis vellos y mi carne. Y primero estaremos a un metro de distancia. Y primero nos miraremos como dos animales bellos. Y primero nos desearemos como dos caníbales. Y primero se mojarán nuestras lenguas y nuestros labios. Y primero estaremos llorando de hambre. Y primero nuestros ojos brillarán como brilla el infierno. Y nunca habrá después porque cuando nuestros cuerpos se encuentren será siempre primero antes de después.

Ese nombre que me das ya lo conozco. Lo he gritado con hambre contra la pared de piedra del cuarto donde, si esto es vivir, vivo encerrada. Lo he sobado contra mi cuerpo para no sentir más frío. Lo he usado para revolcarme con tu recuerdo en el suelo. Lo he dicho cien veces con el deseo de que se gastara tu nombre y apareciera tu cuerpo. Lo he repetido con pedidos de que no invadas mi vida. Lo he vuelto a usar para rogarte que entres y para solicitarte que no entres, o para rogarte que salgas para que vuelvas a entrar. Y lo repito vencida cuando tú te declaras vencido, y tres veces repites mi nombre.

Es cierto, ese es mi nombre, y ya sé cuál es el tuyo, y no sé por qué dices que no te recuerdo. Por favor, claro que me acuerdo de que me llamaste el sábado. Y antes de que hables, te puedo decir algo más: era la segunda vez que me llamabas. La primera ocurrió cuando te separaste de tu esposa, y fue cuando me preguntaste cómo me parece a mí que es la soledad. Y fue entonces cuando yo no supe qué contestarte, y tú escuchaste mi duda. Y fue también entonces cuando la central nos interrumpió para decir que habías dado con equivocación el número de tu tarjeta de crédito. Y fue ese el momento en que dijiste que lo que pasaba era que el banco te había pasado de una tarjeta de plata a una de oro. Y allí fue cuando los de administración te pidieron disculpas. Y también fue cuando una voz grabada te dijo que tenías derecho a quince minutos de *hot line* con un quince por ciento de descuento. Y allí ocurrió también que me impresionó tu manera de decir que eso no te importaba, y que ordenabas que otra vez te pasaran con mi nombre, con mi soledad, con mi presencia, con mi voz, con mi vida.

¡Qué cosas dices, querido Xavier! ¡Te advierto que no te creo! ¡Te advierto que no voy a creerte! Pero admito que es cierto. Es cierto que me has llamado durante dos horas la segunda vez, y que hoy vamos ya por las tres horas. Y es verdad también que ayer llamaste a la central para que me llamaran, y no pudieron hallarme. Te ruego que me comprendas: es que me hallaba en la graduación de mi hija menor. No tienes por qué ponerte celoso. Ya te he contado que soy una divorciada, solita, treintona y con dos hijas. ¡Qué cosas tienes, Xavier querido!

¡Cómo! ¿Qué dices?... ¿Enamorado de mí? Pero si no me conoces. ¿Mi voz? Pero ¡qué tiene que ver mi voz con mi existencia! ¡Ay, por favor, no puede ser verdad lo que me dices, Xavier de mi vida! Y, sin embargo, lo dices, y estás hablando más que yo, y se supone que debería ser al contrario. Por favor, no tienes derecho a engatusarme. Sí, es verdad que tengo una voz pastosa, pero no te creo que ella te permita adivinar el resto de mí, mi cuerpo desnudo en el espacio transparente. No, por favor, no hables más de esa forma porque voy a terminar por creerte. Mira que voy a terminar creyendo que para ti soy mucho más que una voz y una línea telefónica y una tarjeta de crédito y una historia inventada porque soy un secreto que tú has descubierto, porque soy una muerta que tú has resucitado, porque soy de verdad y porque soy la verdad de tu vida.

Y además de eso, se te ocurre jurarme que no te importa mi cuerpo si mi voz es pastosa, y que mi ayer no te importa porque te basta mi vida. Y no me dejas hablar porque quieres mi silencio para poder escucharme y porque necesitas mi silencio para poder tocarme. Y ahora nada más al levantar el teléfono, has comenzado diciendo que te casarías conmigo si yo también creyera en tu voz, si yo creyera en el milagro, si yo creyera a nuestras propias voces cuando proclaman que el amor existe, si yo te aceptara de inmediato como se acepta el aire y como se acepta la luz del sol, como se acepta la tarde y como se acepta el misterio, como se acepta la dicha y como se acepta la muerte.

Y yo acepto, Xavier. Y ya no aguanto las ganas de decirte que te acepto como tú me aceptas, cuando me dices que me quieres sin que me hayas visto y que me aceptas como soy desde antes que yo fuera, desde antes de esta vida, desde lo increado, desde la otra margen, desde siempre.

Y te he creído cuando por el mismo teléfono me pediste que brindara por nuestro inicial encuentro telefónico y por nuestro futuro encuentro en cuerpo y en alma y en vida perdurable y en carne y en resurrección de la carne. Y te he dicho: salud, mi amor, cuando hiciste escuchar el tintineo de la copa de cristal chocando con el fono y cuando brindaste por nuestro amor en amor, en locura, en gravedad y en matrimonio inminente. Salud, salud mi amor.

Y te creo cuando me apremias a que te revele mi nombre real, y otra vez me juras que no te importa si yo soy diferente de lo que te he contado, porque no te importa mi cuerpo en el espacio sino el espacio de mi vida. Y otra vez juras que no te interesa mi edad porque la edad solamente es un estado del espíritu, y que tu espíritu me presiente desde una vida anterior en la que no terminamos de hacernos el amor porque el amor no termina. Y por esa razón insistes en que me case contigo porque mi voz y mi vida son lo que te interesa de mí para toda la vida como la sed, como el ensueño, como el sudor, como el llanto, como el silencio, como la sombra, como el olvido, como mi carne blanquísima, como mis ojos cuando los cierro para renunciar a resistir para no resistirme a saber cuánto te quiero.

...¿Me escuchaste? El nombre que te acabo de dar es mi nombre de verdad, y si te lo digo en castellano es porque esa es mi lengua de verdad, y no voy a decir que el nombre gringo me lo pusieron los de la administración porque no quiero mentirte, porque me lo puse yo misma y porque aspiro a triunfar en este país tan diferente del mío. Y el color original de mi pelo no es un rubio luminoso, pero es un castaño que yo aclaro todos los días para que también brille bajo el sol de este cielo extranjero. ¿De veras? ¿De veras quieres saber algo más? ¿De veras, mi vida, que no te importa?

Gracias, Xavier, por lo que acabas de decir y por tu pedido de que deje a un lado los vestidos falsos. Gracias por insistir en tu declaración de amor y en tu petición de matrimonio. Gracias por hacerme ver que si nos vamos a ver esta misma noche, es absurdo que disfrace mi verdadero aspecto. Te lo voy a decir y te lo digo ahora mismo, pero antes te digo que no son solamente los administradores de esta "línea caliente" los que me han obligado a cambiarme de cuerpo, a mudar de espacio, a trastornar la verdad, y a disimular el peso, la amplitud y la rotunda verdad de mi pecho, de mi vientre y de la redonda sombra que me sigue.

Es mi miedo, Xavier, y son los hombres. Uno se llama Bill y el último se llama Antonio. Con Bill me casé en mi país cuando él servía en los Cuerpos de Paz y tuvimos dos hijas. Cuando los cuerpos de Paz tuvieron que dejar mi tierra, nos vinimos a los Estados Unidos, y aquí me sentí mejor que allá porque adoro el progreso, porque tiro para blanca aunque mi sangre sea mestiza, porque no me gustan los indios ni los países atrasados y porque me había casado con Bill para mejorar la raza, aunque debido al amor nunca llegue a decírselo. Y por eso, desde que nacieron, tan sólo en inglés hablé con las chicas, y protegí sus sueños para que la nostalgia de la otra patria no se les metiera, y cubrí los ojos de Bill con mis manos amorosas para decirle: ¿Quién soy? ¿Sabes quién soy? ¿Lo adivinas?... No, mi amor, te equivocaste, ya no me llamo así. Ahora ya tengo un nombre en tu idioma.

Y Bill abrió los ojos cuando retiré las manos, y no pudo creerme porque allí estaba yo, pero ya no era yo, porque además mis lentes de contacto eran verdes y porque mi peinado rubio hacía centellas en la soledad de nuestra casa y porque desde ese momento mi documento de identidad proclamaba, para mí, un nuevo nombre, el apellido anglosajón de Bill y la edad que yo había tenido diez años antes cuando todavía era diferente de como de veras soy. Y en ese momento, cuando retiré mis manos de sus ojos, no entendí del todo cuando él me decía que ahora sí, de veras, estaba abriendo los ojos.

Y hasta ahora no entiendo el motivo por el cual, a partir de entonces, mi marido se fue tornando frío y ajeno, rápido y expeditivo, silencioso y ausente, como si continuara jugando todo el tiempo una partida de ajedrez perdida hace un siglo, y un día cualquiera, a tres años de vivir en California, levantó los ojos del tablero para declarar que nuestro matrimonio no funcionaba, que nosotros ya no éramos los mismos, y que ya había hecho los arreglos para mudarse de casa, y cuándo yo le pregunté en inglés desde cuándo había dejado de funcionar nuestra unión, él me respondió en perfecto español: Adivina, querida, adivina.

Antonio es el último hombre que ha entrado en mi vida. Nos encontramos en el aeropuerto de Lima hace un año, y hacía veinte que no lo veía, y me alegró el encuentro porque me dijo que el tiempo no pasa por mí, a pesar de que soy mayor que él cuatro años, y me alegró también porque hace diez años de mi divorcio y no hay muchos hombres atractivos con quienes pasar el rato, pero el rato era breve porque yo estaba partiendo de regreso a California y él reside en Lima, aunque ya estaba por venir a trabajar aquí, y justo a California. Entonces, me dio una tarjeta y un beso de despedida y repitió que los años no pasan, y yo me vine pensando que la vida tampoco pasa, que mi destino acaso ya tenía un nombre, y quizás también un número de teléfono.

Y una vez aquí me dije que la diferencia de edad era mínima y que la proximidad de origen era lo que importaba, y pensé que sólo a un gringo tonto puede haberle molestado que yo me quitara esa facha de latina, y llegué a estar segura de que Antonio se sentiría seguro con una mujer segura, maduro con una mujer madura y capaz de incorporarse al mundo de acá con una mujer que habla bien el inglés, que ha traducido a Ezra Pound y que tiene el pelo corto pero repartido en lonjas doradas para hacer juego con un cuerpo generoso, con unos brazos abundantes y con una sombra rosada que se reparte en lonjas para llenar la calzada.

Y lo llamé por teléfono al Perú y le dije que, cuando viniera, él y yo podríamos hacer una buena pareja, y él me respondió que ya hablaríamos cuando llegara, y yo entendí que su timidez le impedía hacer una declaración delirante y continué telefoneándole para hacerlo entrar en confianza, y nunca llegó la declaración delirante y un año entero lo llamé todas las noches, adivina conejito, quién te llama pajarito, hasta que llegó el día en que fui a esperarlo en el aeropuerto de San Francisco.

No te preocupes porque todo está arreglado, le dije al recibirlo, y no tienes por qué ir al hotel porque serás mi huésped, y no te impacientes por la privacidad porque he mandado a mis hijas de viaje a Europa, y en casa tan sólo estaremos los dos solos, al fin solos, toda la vida solos, y sube tus maletas a mi carro porque ahora mismo te llevo hacia la soledad, pero no era del todo la soledad la que yo le iba a ofrecer, por lo menos no al comienzo porque yo había conversado con mi círculo de amigos durante todo el año, y porque les había contado que Antonio traía consigo la declaración en regla, las buenas intenciones, el beso impecable, el aro de oro blanco, la rodilla en tierra y la petición de matrimonio, y ellos ya sabían la hora de la llegada, las dos horas que se tardan para llegar hasta el pueblo donde vivo, y la hora que tardaríamos en arreglarnos y en desarreglarnos, en hablarnos y en callar. Y yo les había dicho antes que no estuvieran mucho rato porque él llegaba cansado, pero que era conveniente que le hicieran la fiesta para incorporarlo a nuestro círculo y que brindaran con él por nuestra felicidad para que él se comprometiera ante los ojos de la sociedad, y son esos ojos los que ahora pueden decir que así fue como fue.

Y si así fue como fue, no entiendo hasta ahora sus ojos asombrados ni su silencio empecinado ni su mirada que nos recorría a mis amigos y a mí, como quien está viendo en el cine una historia de Kafka con personajes de Fellini, cuando vio el letrero de bienvenido el novio y que vivan los futuros cónyuges. Y si así fue como fue, no entendí su pedido de que habláramos después de que se hubiera ido la gente ni su afán de hacerme entender que la historia de nuestro amor era tan sólo mi invento. Y si así fue como fue, no he de comprender jamás por qué Antonio no aceptó mi sugerencia de que descansara un poco porque estaba un poco confundido, y tampoco hizo gran caso de mi propuesta de vivir juntos hasta que poco a poco nuestra unión se hiciera sólida, y un día fuéramos uno en la tierra y en el cielo, en esta vida y en la vida venidera, por los siglos de los siglos.

No entiendo por qué me falló Antonio después de un año de llamarlo a larga distancia y de una vida de haberlo estado esperando. Nomás al día siguiente de haber llegado, me dijo que debía irse de nuevo a San Francisco porque su trabajo lo estaba esperando, y que me agradecía por el recibimiento pero que no creía merecer la fiesta de novios ni la amistad de mis amigos, y que me estaba reconocido por mi lecho pero que prefería dormir en la sala, y que me agradecía por mi vida pero que él no había venido a llevársela, y por mi cuerpo pero que prefería no tocarlo, y que me agradecía por el jamón pero que no tomaría desayuno y que me estaba reconocido por el jamón, por mi vientre, por mis frutas, por los melones gigantescos, pero que estaba de dieta y no aceptaba el amor su corazón perezoso.

Es Antonio y es Bill. Son los hombres, Xaviercito querido, los que me han obligado a disfrazar mi vientre que es hermoso como un mundo, para aparentar una cintura breve y negar los kilos, los centímetros y todo el peso de mi amor para declarar por teléfono la levedad injusta de esos cuerpos de muñeca que se pueden ir flotando por el aire. Y te agradezco a ti que me hayas llamado a tu vida porque eso me permite liberarme de este corsé y aflojarme las mallas y desceñirme los cinturones de la rigidez y del miedo, y saber que soy bella por las cosas que digo y porque los hombres sensatos como tú prefieren una mujer como yo, hermosa por abundante, rubia aunque sea de mentiras y a la vez racional y perfecta para vivir en este mundo en vez de esas sirenas locas de voces con voces de olor de almeja, de besos con gusto a resurrección y de ojos oscuros como la perdición eterna.

Y no te vas a arrepentir, Xavier de mi vida. Nunca tendrás tiempo de hacerlo porque mi cuerpo y mi vida te rodearán todo el tiempo, y será nuestro un sitio en la sociedad norteamericana, y tuya será siempre una manzana golosa que devorarás todo el tiempo aunque el tiempo se haya estado pasando de frente mientras conversábamos, y ya casi no tengo tiempo de prepararme para la cita de esta noche que te propongo que sea a las ocho en punto en un restaurante de la calle Broadway. ¿Tienes papel y lápiz para que apuntes la dirección?... Está bien, supongo que has ido a buscarlos.

   Y ya verás cómo verás a esta mujer que sólo ha sentido el calor de la luna, y que te ha esperado sola en una playa dolorosa y en una cama caliente, y si quieres, podremos bromear juntos con eso de que soy rubia y delgada, y mis piernas son largas y lánguidas y el color de mi cuerpo se parece al color de mi vida y mi voz es un gemido que pronuncia tu nombre todo el tiempo, pero ya no nos queda tiempo. Te he preguntado si tienes papel y lápiz para que sepas el lugar donde vamos a encontrarnos. Y te pregunto de nuevo: ¿te has ido a otro planeta a buscarlos? ¿Tienes lápiz y papel? ¿Por qué no me respondes?

Claudia en el mundo

Una de estas noches va a dibujarse en el umbral de mi puerta la silueta delgada y silenciosa de un hombre que no pronunciará palabra alguna porque no será necesario y porque no habrá siquiera saludos. Ni él ni yo llegaremos a saber nunca cómo se llama el otro ni a calcular el tamaño de la tristeza porque, rápido, como si calzara los zapatos de la muerte, ese hombre se irá con Claudia.

Alto, como de la talla de la muerte, y más sigiloso que la alameda que conduce hasta mi casa, este hombre está caminando desde hace años hacia mi vida para anunciarme el fin de mi vida con Claudia y acaso también el fin del mundo. Despacioso y preciso, atravesará la alameda y luego el breve jardín para, después, sin mirar la ventana y sin tocar la puerta, aparecer frente a nosotros y decir, sin decirlo, que ha venido por Claudia. Por eso es que si llegamos a mirarnos lo haremos de la misma forma como se mira a los ausentes.

Lo sé porque Claudia me lo ha anunciado desde que empezó nuestra historia. O más bien, desde que comenzó a comenzar y también a terminar. Ella entró repentinamente en mi vida a las once horas y treinta y cinco minutos de hace bastante tiempo más veintinueve días con siete horas y cuarenta y cinco minutos; toda ella, con su mirada lejana, sus ojos azules y sus dientes de conejo, miró su reloj, y quizás supuso que ya era hora de iniciar nuestra relación y me dio un beso para después asegurar que me amaba pero que no me amaba. O mejor dicho que me quería pero que no estaba enamorada de mí. Y me anunció a ese hombre que un día de estos empujará la puerta y, en dos pasos, estará en el umbral de mi casa.

Claudia me explicó, al día siguiente de comenzar nuestra historia, que yo no debía pensar en un romance eterno. Su figura tendría que desvanecerse, y el final habría de ser como el comienzo: sucinto. Amaba, me dijo, a un ser imposible, y ese imposible no era yo; además, lo amaba desde siempre, acaso sin necesidad de conocerlo.

Y yo acepté la explicación como quien acepta, sin condiciones ni pactos previos, la vida o el sol, el sol o la muerte.

Por todo esto, no podía amarme sino intensa y raramente. Como tampoco había podido amar a su difunto marido. A él también se lo había advertido. Y supongo que José María anduvo esperando la llegada de aquel que siempre se hizo esperar, y cuyos pasos acercándose creyó sentir toda la vida junto a la interminable imagen de la puerta que se abre. Alguna vez estuvo seguro de haberlo escuchado llegar y le dijo a Claudia que no permitiría el ingreso del fantasma. Ella sonreiría. Quizás comenzó a despreciarlo. Quién sabe.

Una mañana, José María tuvo la certeza de haber escuchado una voz y un timbrazo, y quiso adelantarse. Corrió hacia la puerta antes que Claudia. Recordó el discurso que había esbozado durante los pacientes años de su matrimonio y de su amor. Buscó la palabra con la que debía comenzar, pero no llegó siquiera a decirla. Antes de que abriera la puerta, alguien entró en su casa. Pero no era el desconocido: era la muerte. Tan alta como aquel, José María la había confundido. Quiso decirle: "Llega usted a destiempo. Mi mujer ya lo ha olvidado", o "Usted nunca existió para ella". Pero no se encontró con el intruso sino con una sonrisa maravillosa que a todos nos vendrá a buscar: era la muerte, y se fue con José María.

–Tú sabes que no estoy hablando de la muerte, sino del amor.

Quise recordarle que daba lo mismo, pero no se lo dije. Y Claudia insistió en que deberíamos separarnos cuanto antes, a menos que me resignara a esperar con ella el tiempo en que los pasos del desconocido avanzaran hasta nuestra puerta.

Tal vez ella estaba equivocada: no fue por resignación que acepté esa relación crepuscular y violenta. Lo hice porque la primavera y la tierra en sombras tienen la misma raíz al igual que el amor y la separación que nos estaba predestinada.

También formaba parte del destino nuestro encuentro, con posibilidades de desarrollo que hasta ese momento desconocíamos, un destino urdido con cuidado desde el comienzo de los tiempos, acaso desde antes que esos pasos comenzaran a encaminarse hacia la casa.

–Todavía te quiero –le dije en diversas épocas de nuestra vida en común–. Y no me importa el desconocido: él no viene por mí. Sé que es inútil poner estorbos en su camino porque, de todas formas, va a llegar, pero mientras tanto y también después de mientras tanto, te amo.

Puede ser que ella respondiera:

–Creo que amé a José María porque estuvo todo el tiempo mirando hacia la puerta; en cierta forma, me ayudó a esperar. A ti no podré amarte porque no temes. Te aborrezco porque no te importa que él llegue alguna vez. Y porque a pesar de todo lo que te he anunciado, te empecinas en quererme y trastornas el orden natural de las cosas.

–No reconozco en mí un poder tan mágico –le dije, o tal vez lo pensé, ya no recuerdo.

Ella no advertía cuánto me interesaba esa forma suya de asumir el amor como un problema, una virtud o un vicio individual en el que no importa si el aguardado camina o no hacia nuestra puerta: importa solamente esperar; amar inclusive la ausencia, el desamor. No se lo dije nunca, pero Claudia adivinó lo que yo estaba pensando.

–De acuerdo –dijo– pero cuando ese hombre llegue, me levantaré y avanzaré hacia él. Entre nosotros, no habrá despedida porque no podría mirarte.

Creo que retuve las ganas de gritar o de llamar al desconocido para que viniera de una vez. Busqué dentro de mí la clave de un precario equilibrio. Lo tranquilizante del equilibrio es que dos que se están mirando, siguen mirándose y juegan a no mover los ojos y nada se mueve. Lo abrumador es que basta un soplo para que todo se mueva.

O, en vez de un soplo, la llegada de alguien. Yo sabía que ella caminaría hacia aquel sin volver la vista y que yo no le insinuaría que lo hiciera: no fuera a convertirse en una estatua de sal.

De todas formas, Claudia y yo nos despedimos en un aeropuerto para un viaje que no sabía si me iba a durar diez días o diez años. Tan sólo una carta de ella podía interrumpir mis vuelos y navegaciones, una carta que declarara la inexistencia del fantasma o la fragilidad de su invento.

Una carta que inventara otra vez la luna y que me preguntara: "¿Puedes ver la luna?", para que yo pudiera responder: "No la veo, pero acaso puedo ver su ausencia". Pero la carta no llegó jamás, y seguí navegando hacia una luna negra. Por eso caminé como borrando historias: ya que no podía clausurar el ciclo de Claudia, clausuraría mi pasado, me despojaría de todos los recuerdos anteriores.

Cuando las palabras son raras, raramente se gastan en vano. Por eso no se gastaron durante mi viaje y no llegué a explicarle a nadie la única escena con la que mi patria lejana me perseguía: esa forma absurda de amar. Y nadie me pidió explicaciones, me dejaron tranquilo con mi recuerdo: un hombre y una mujer esperando la llegada de un desconocido tan alto como la muerte. Me dejaron tranquilo y mirando fijamente hacia donde debe estar el mar, como lo hacen siempre los animales heridos.

Llegué de regreso a Lima una madrugada de verano no sé cuánto tiempo, pero bastante después de haber partido hacia Canadá en un viaje que evidentemente se prolongó.

Pero no he vuelto al Perú para buscarla. Ya no es necesario ni posible. Además, aunque lo intentara, toda búsqueda sería inútil. El vaho de un verano particularmente caluroso envuelve los edificios, y los parques parecen haber dejado de existir. Toda Lima con sus monumentos y su gente están como suspendidos en el aire a un poco más de un metro de altura y los vehículos transitan sobre una delgada y verdosa cinta de asfalto a la velocidad en que suelen verse los filmes de cámara lenta.

El efluvio de una corriente marina ha desatado esta ola de calor y este sabor de fin del mundo. Me he paseado como un autómata por los lugares, acaso ahora inexistentes, donde ella alguna vez irrumpió en mi vida con su mirada lenta, sus ojos azules y sus dientes de conejo para anunciar el inicio de un sentimiento que nunca me abandonaría: como una suerte de nueva dimensión de mí mismo.

Ella y yo somos ahora dos seres invisibles: quizás comenzamos a desaparecer el uno para el otro desde el mismo día en que comenzó nuestra relación. Quizás ese día, cuando me miraba para decirme que me quería pero que no me quería, yo le pedí que siempre me estuviera mirando, aun cuando yo fuera un ausente: *Mírame siempre. Mírame porque estoy desapareciendo, mírame porque algún día seré el aire, mírame porque el aire ocupará un día la forma de mi cuerpo.*

¿Cómo vivir ahora? Ahora que es aire Claudia, y aires de ayer un jadear y unos sollozos que en noches antiguas le pertenecieron, así como una explosión de plenitud y de santidad que fueron mías cuando nuestra vida en común todavía no se había desvanecido. ¿Cómo vivir ahora? Ahora que sólo somos un par de miradas ausentes y el aire ocupa el lugar que ayer ocuparon la batalla inicial y la final serenidad de nuestros cuerpos.

Me alojé en un hotel y no intenté siquiera dar un vistazo a la casa donde antes vivimos juntos. Sin planes, vagabundeé un poco por esta ciudad que emergía, ya lo he dicho, de un vaho infernal y de un triste fin del mundo. En algunos pueblos del norte del Perú, cuando un extraño cruza la aldea y, de noche, se detiene frente a alguna posada, le preguntan: "¿Eres de esta comarca o de la otra?", o también, "¿A qué vida perteneces?". Si me lo hubieran preguntado, yo no habría sabido responder.

Y esta noche, a diez días de mi arribo, supongo que tomaré nuevamente un avión, pues ya nada tengo que hacer aquí. ¿Por qué se me ha ocurrido, sin embargo, encaminarme, por la avenida que conduce a mi antigua casa?, ¿y por qué imagino que estoy caminando hacia ella desde hace años? Atravieso la alameda y después el breve jardín para luego, sin mirar por la ventana, detenerme frente a la puerta. Que, por cierto, se abre, sin que yo dé un timbrazo. Y aquí estoy, de nuevo dibujándome en el umbral de mi casa, silencioso y preciso como una silueta. Y mientras me voy dibujando ya dentro de casa,

Claudia que está sentada frente a mí no hace el menor gesto de asombro. Parece que hubiera estado allí esperándome toda la vida.

   Se levanta para ir hacia mi encuentro y, antes de besarme, mira su reloj, como si fuera el reloj del señor conejo en el País de las Maravillas, sonríe mientras hace un gesto reprobatorio como si me dijera "has tardado un poco". Y viene hacia mí, y otra vez mis brazos pertenecen a su cuerpo, y mi vida a su mirada lenta, sus ojos azules y sus dientes de conejo.

La duración de la eternidad

Siempre he querido saber cuál es la duración de la eternidad, y eso es lo que me preguntaba cuando solamente me faltaban dos señoras y un interminable pelirrojo para llegar hasta la cajera del Safeway, el supermercado, pero en ese momento sentí contra el mío el impacto del carrito de compras que venía detrás.

"Siempre he querido saber cuál es la duración de la eternidad y es lo que me pregunto ahora al saber que no nos veremos más en esta vida". Eso era lo que Simón le había dicho a Amparo en el capítulo del viernes pasado, no se me ocurría qué escribir para continuar la historia. Mientras me inclinaba a recoger todas las manzanas que habían salido disparadas por el choque, pensé que tal vez nunca sabría la respuesta.

Y también me pregunté si los autores de telenovelas como yo, podríamos aspirar al Paraíso después de haber condenado tantas ficticias vidas humanas a un interminable sufrir tan sólo interrumpido por un breve y resbaloso final feliz. Pero no podía seguir pensando en eso porque tenía que hacer frente al problema de recoger todas mis compras regadas por el suelo luego del choque accidental del carrito trasero.

La dueña de aquel era una dama de edad indistinguible, estaba vestida toda de lila, era dueña de un paraguas de ese color y todavía no había hecho ningún ademán de pedir disculpas. Para ahorrárselas, en cuanto estuve de pie, le dirigí una sonrisa comprensiva cuyo significado era que a todos nos puede pasar lo mismo.

Pero ella no dio muestra de ningún arrepentimiento, y más bien siguió inexpresiva e incomprensible como una antigua fotografía en blanco y negro. Sólo hubo un momento en que levantó los ojos para tal vez mirarme, y durante el tiempo que los sostuvo sobre mí sentí como si una luz muy lejana se estuviera internando en mi cuerpo y en mi vida.

Por fin, su mirada terminó de pasar a través de mí sin que ella me dirigiera una sola palabra, y yo quise imaginarme que no se había dado cuenta de nada de lo ocurrido, y volví a mi lugar en la cola en la que solamente faltaba el pelirrojo alto quien había resultado ser fanático del yogurt y consumidor voraz de alimentos orgánicos pobres en colesterol, en sodio y en otras alegrías de la vida.

La máquina registradora del supermercado era sumamente indiscreta. Bastaba con que la cajera aplicara el sensor sobre una betarraga, una zanahoria o una crema de afeitar fabricada con sábila, para que una computadora indicara a todo el mundo, además del precio del producto, la cantidad de grasa que ese hombre iba a consumir, los carbohidratos que estaba cargando, las calorías, el potasio, la fibra y otros detalles reveladores de lo que ingresaba diariamente en el organismo. El resultado de todo aquello era un cuarentón bastante feo y probablemente dedicado a asuntos de iglesia, pero dueño de una sonrisa confiada que invitaba a toda la gente a probar las excelencias de la comida vegetariana.

Cuando llegué hasta la cajera y respondí a sus cortesías mecánicamente asegurándole que estaba bien, gracias, y que sí, el día había sido bonito, mis ojos asombrados no podían separarse del resplandor verde que emitía el sensor de la caja registradora, y me preguntaba si después, en sobrias letras de cómputo, se revelarían la espesura de mis pensamientos y la dimensión de mis cotidianas preguntas sobre el alma, el cielo y la fatalidad del amor.

Pero no tuve tiempo de saberlo porque un nuevo golpe del coche trasero contra el mío me sacó de la contemplación. Esta vez, era claro que se trataba de una acción consciente y adrede porque sorprendí a la dama en el momento en que regresaba el carro hacia su posición inicial luego de haber empujado al mío. Como la vez anterior, no me pidió disculpas sino que más bien me lanzó una mirada que aceptaba la culpa pero con aire de desafío.

Entonces la quedé mirando, interesado por saber si a lo mejor nos conocíamos y ella me estaba jugando una broma, o si ella era una persona desequilibrada que había amanecido dispuesta a embestir contra el mundo, pero no se trataba de lo uno ni de lo otro. No me parecía haberla visto nunca, y por otro lado, su ropa como sus compras guardaban el orden riguroso de una mujer a la cual no se suele considerar una lunática, por lo tanto esperé que empezara a disculparse, pero en vez de hacerlo, ella lanzó sobre mí el resplandor helado de su mirada, un resplandor que ya me resultaba imposible tolerar.

En vista de eso quise creer que se trataba de alguna de mis sufridas telespectadoras. Una de las consecuencias de escribir guiones para las novelas de la televisión en español es que recibo diariamente centenares de cartas, algunas suplicantes, otras amenazadoras, para que cambie la suerte de los protagonistas. Pero tampoco podía tratarse de aquello: los escritores somos seres invisibles. Se puede conocer de inmediato a los actores, pero ni siquiera se conoce el rostro de quienes los han creado.

How are you doing today? How are you doing today?, la cajera insistía en saber cómo me estaba yendo, y yo no terminaba de decirle que bien y que gracias, pero todavía no había puesto frente a ella lo que estaba comprando, y además no había terminado de recoger las manzanas, y no sabía qué iba a hacer, pero la joven fue simpática y me permitió, sin apremio alguno, que siguiera poniendo todas mis compras enfrente de la caja registradora.

Anything else? Y fue tan amable como para preguntarme si quería comprar algo más a pesar de que yo todavía no le había mostrado lo que quería comprar, y de que me faltaba recoger del suelo algunas de las manzanas que habían volado con el impacto del choque. Cuando estaba por pedirle que me esperara un momento, la dama se me acercó.

"Yo te he conocido antes", me dijo.

Quise pasar junto a la cajera como si nada estuviera ocurriendo, pero eso no era posible porque ni siquiera podía levantar una manzana cuando ya se estaba escuchando de nuevo esa voz.

"Yo te he conocido antes", insistió en un castellano en el que resultaba imposible precisar el acento.

"Yo te he conocido antes".

Entonces me decidí a enfrentarla y la miré de frente. Le dije que así era en verdad o que posiblemente así era, que a mí también me sonaba pero no sabía qué me sonaba, ni de dónde me llegaba el recuerdo de su rostro, y añadí que, de todos modos, un encuentro entre conocidos no tenía por qué ser tan chocante, y que me había dado mucho gusto volverla a ver, pero tenía cierta prisa y que esperaba tener alguna otra oportunidad para hablar sobre nuestros comunes recuerdos. Se lo dije a sabiendas de que no la recordaba en absoluto, pero con el ánimo de borrarla cuanto antes de mi camino.

"Tú crees que no lo sabes, pero en el fondo sabes que me has visto. Lo que no sabes es dónde fue, pero muy pronto te lo voy a decir".

No podía esperar a que me lo dijera, y no quería. No sé si alcancé a levantar todas las manzanas, ni a cuánto ascendió la cuenta, ni qué fue lo que compré porque todos mis actos desde ese momento fueron tornándose inconscientes. La cajera me dijo que esperaba verme otra vez al tiempo que me entregaba una bolsa de papel con mis compras. Entonces, yo aceleré mi salida de la tienda.

Wait a moment, please. Don't forget your bag!, gritaba la cajera. A su lado una voz inconmovible aseguró:

"Quieres irte, pero no te irás".

Lo decía absolutamente confiada, y se me antojó que aquel era el tono de voz con el que todos hablaremos al final de los tiempos.

"Tú sabes que nos hemos visto en la otra vida".

Creo que añadió "... en la otra vida" y la frase se deslizó por el aire, o se quedó allí suspendida como si hubiera llegado del fondo del tiempo o como si acabara de ser dicha en el cielo.

"Tú lo sabes".

No hice caso a la cajera, y abandoné mis cosas y la tienda a toda prisa. Tenía que llegar hasta mi carro cuanto antes, y debía aprovechar el tiempo que la extraña mujer tardara en pagar por su compra que había sido abundante, y así fue: no me tomó más de unos segundos hacerlo, y además, encontré inmediatamente las llaves en mi bolsillo derecho, así que tan sólo me faltaba abrir la puerta del conductor para culminar mi escape.

Mientras lo hacía, calculé que la dama vestida de lila se tardaría por lo menos unos largos cinco minutos en esperar que la cajera hiciera la cuenta y después en hacer el cheque y pagar porque tenía el coche repleto, de modo que llevaba todo ese tiempo como ventaja. Aliviado, abrí la puerta de mi auto con más paciencia, y comencé a pensar en la relatividad del tiempo, y en cómo es posible desenvolver un segundo e irlo colmando de reflexiones y recuerdos hasta tornarlo infinito.

Ya tenía la llave en el arranque, y pensé que debía hacerla girar con suavidad, ya que antes de un minuto estaría alejándome de la mujer que recordaba haberme conocido antes. Dentro de un minuto ya no tendría de qué preocuparme, sino tan sólo de mis reflexiones y de mis recuerdos. Entonces volví a mi obsesión cotidiana: no sabía cómo darle desenlace a la novela que escribo actualmente. En la pantalla, lleva diez meses que, sin embargo, representan unos veinticinco años de vida real. Se trata de una pareja de enamorados que viven un amor imposible.

La primera vez que se ven, ella tiene quince años y él, veinticinco. No se les permite amarse por un impedimento imputado por él. Se ven por segunda vez cuando ya han pasado veinticinco años, y ahora la impedida es ella pero se aman como si únicamente hubieran nacido para eso. A gritos se escuchan y se huelen a pesar de que se encuentran distantes y habitan ciudades lejanas e incomprensibles, y mientras va pasando el tiempo se miran con los ojos de los que se han perdido en el mar.

Hice girar la llave ciento ochenta grados a la derecha y sonó un clic. Ella le dice a él que lo ama y que no van a tener que esperar otros veinticinco años para ser felices, pero una semana después se arrepiente. Sonó el clic, pero el auto no arrancó. Él le dice a ella que venga pronto con él, que deben romper cuanto antes con ese círculo encantado. Y ella acepta. Eso fue el mes pasado. Definitivamente, esa no era la llave: la había confundido con la de la puerta. Por fin introduje la llave correcta y, mientras la hacía girar, me pregunté si no habría sido bueno recoger mi bolsa ya que había pagado la cuenta, e incluso ayudar a la dama que suponía haberme visto. En ese momento, el motor arrancó.

La semana pasada, cuando la historia estaba a punto de agotarse, ella lo llamó por teléfono para decirle que debían olvidarse del amor otra vez, y un aviso comercial interrumpió sus vidas. Un día después, él porfía que venga de una vez y le pide que caminen para siempre juntos de espaldas a la muerte. Pero ella insiste en que lamentablemente debe renunciar por otros veinticinco años a su felicidad. Él le responde que la próxima vez será en la otra vida, y ella le jura que seguirá amándolo.

No se sabe si hablan por teléfono o si pueden escucharse a través de las distancias, el tiempo, las montañas y las aves, como dos animales enfermos de amor. Pero lamentablemente mientras se hablan ya se está cumpliendo el tiempo que se les ha concedido como segunda oportunidad para encontrarse.

"Yo te he visto, y tú sabes dónde".

Pensé, que toda la vida me la había pasado escribiendo historias de amores desdichados, y que me iba a resultar imposible encontrar otro desenlace para este. Me dije que a lo mejor lo imposible era parte inherente de mi destino y una manera de ser de la condición humana y, sin un final maravilloso para "Amparo, Amparo", se me ocurrió pensar que en estos momentos la tienda Safeway, las casas de enfrente, los árboles, América, el mundo y los astros sigilosos, todo se había comenzado a reducir y pronto no tendría mayor dimensión que la de unas manzanas tiradas por el suelo o desparramadas en la aurora.

Entonces supuse que no habría final feliz para la historia, y que el desenlace solamente tenía dos opciones: la primera consistía en suponer que él y ella se volvieran a encontrar en la otra vida, aunque tal vez allí no se reconocieran; la otra opción es más triste, pero acaso más real: en vez de encontrarse con Amparo, él se encuentra con la muerte y se va con ella hacia el país de nunca jamás. Y esto tendría que ocurrir porque los hombres estamos hechos de fe y de tristeza, pero la tristeza es más densa.

Entonces comencé a entender que la duración de la eternidad es el amor, y pensé que sería una buena idea escribir o leer un cuento para congelar el tiempo y encontrarnos en la eternidad.

Oprimí suavemente el acelerador y, mientras el auto iniciaba la marcha, decidí olvidar aquella historia y, para lograrlo, decidí que en la novela, el planeta tendría que detenerse, lo que giraría sería la muerte, y así aprenderíamos a esperarla y a aceptar maravillados su mano cuando viniera a recogernos. Ya estaba lejos de la tienda cuando me pregunté otra vez cuál sería la duración de la eternidad y me di cuenta de que ya lo sabía.

De soslayo vi a mi lado un paquete repleto de compras hechas en el Safeway junto con un paraguas de color lila. No eran míos. Del asiento de atrás comenzó a escucharse una voz distante:

"Conduce derecho por esta calle y, por favor, da vuelta a la derecha cuando lleguemos al Kentucky. Tú sabes que yo te he visto antes y también sabes a dónde vamos".

Esta carta se contesta en el cielo

Como te iba diciendo, la carta estaba cerrada, y siempre había estado así. La descubrí cuando era niño, y recuerdo que se hallaba sobre la cómoda, en la casa de mis abuelos. Año tras año, palideció, enrojeció de súbito, se tornó morada y, por fin, se fue perdiendo en otros colores viejos hasta adquirir este definitivo y memorable ámbar que también es el color de las cartas que contienen amores sin remedio.

Muchas veces, durante mi adolescencia, la examiné y, todo el tiempo, comprobé que nunca había sido abierta. Mi abuela me cambió la conversación cuando le pregunté por ella, y mis tías no me quisieron dar razón sobre su contenido.

"Ten cuidado con las cartas porque hay algunas que se contestan en el cielo", me advirtió mi tía Isela.

Por su parte, mi madre me recomendó que no me metiera en cosas de antes porque podía agarrarme un mal viento o un soplo de antes, o de antes de antes.

Si aquel sobre ocultaba algún secreto de familia, lo normal habría sido que mis parientes lo guardaran en la caja de caudales o se deshicieran de él. El hecho de que lo conservaran intacto y en un lugar tan visible hacía nacer un misterio al que acaso se rendía un culto doloroso y secreto.

Eso es lo que recuerdo de entonces. No sé si te he contado que cuando murió mi abuela, una tía modernizadora puso de cabeza la casa familiar, pero la carta no se perdió sino que, de alguna manera, fue a parar junto a una espada toledana, el retrato del bisabuelo y el supuesto escudo de la familia, dentro de una biblioteca cuyas puertas siempre estaban cerradas con llave.

Unos diez años más tarde, quizás más, quizás menos, abrieron la vitrina para limpiar los libros y, como la carta se cayera al suelo, la metieron dentro de un ejemplar de *La divina comedia*. Fue entonces cuando supe que la misteriosa misiva algún día llegaría a mis manos: esperé que primero pasara el olvido sobre ella, y todavía más años después, abrí la biblioteca, saqué el libro delante de mis tías y, mientras recitaba la inscripción que hallara Dante en la puerta del infierno, dejé que la carta se deslizara hacia mi bolsillo, y me quedé con ella.

Por supuesto que no la abrí, y esa es la carta que viste, María Elena, una vez sobre mi mesa de trabajo. Recuerdo tu asombro al advertir que nunca había sido abierta, así como al conocer la antigüedad de las estampillas peruanas y al enterarte del lugar y la fecha que marcaba el sello de recepción: París, 13 de noviembre de 1936. El destinatario era José María, un tío que yo nunca conocí porque había fallecido bastantes años antes de mi nacimiento.

En la letra se revelaba la nerviosa feminidad de una autora que había preferido firmar con las iniciales MAZ. El correr de sesenta años había dejado al descubierto que la decisión original de aquella había sido identificarse como remitente con su primer nombre, acaso María. ¿María?... Sí, quedemos en que fue María, una María llena de miedos que, acaso al llegar al correo, arrepentida de haber puesto su nombre real, lo borró y prefirió sobreponer sus iniciales sobre las huellas del nombre más bello del mundo.

Pero lo había hecho con un segundo lápiz que mucho tiempo después, al evaporarse, borró las iniciales e hizo emerger otra vez aquel nombre cuya caligrafía me permitiría prefigurar una María bonita, indecisa y asustada, acaso con los ojos brillantes, como si siempre hubiera estado buscando en la ventana el brillo de algún amor imposible.

Imaginé su mirada y su cabello largo, y sentí que en el correr indolente de su pluma sobre el papel amarillento, había tratado de disimular una lejanía permanente o tal vez una permanente esperanza, y pensé que esta era una entre las muchas cartas que había sido el lenguaje y la única comunicación entre María y José María. Se me ocurrió que la remitente y el destinatario padecían de algún amor difícil, que habían sido separados primero por algún incomprensible destino y después por una geografía torpe, pero que con el tiempo, ella y él se habían convertido en papeles que el correo llevaba una y otra vez a dar la vuelta al mundo desde el corazón más salvaje de la América, en alguna triste ciudad de los Andes, hasta la capital del mundo, luego de haber atravesado el Atlántico.

No sé si me vas a creer, pero todo lo he imaginado. Imaginé a María sentada junto a un escritorio duro y oscuro, por lo tanto de ébano; la vi luciendo una blusa de seda negra; la adiviné yendo hasta la puerta para verificar si estaba herméticamente cerrada. La soñé empuñando la pluma una y otra vez sobre un papel en blanco y, por fin, la vi mirar al cielo como quien busca ideas y tan sólo encuentra ángeles y animales azules, o quizás lágrimas.

Y después de verla así, me pregunté de quién se escondía en el momento de escribir la carta. Y se me ocurrió que de un padre vigilante y receloso, quien tal vez le había aconsejado que terminara su relación con el ausente porque solamente un temperamento bohemio e inconstante es presumible en el tipo de los hombres que viven en París. O quizás cumplía, en contra de su voluntad, las órdenes paternas y le estaba escribiendo al iluminado de la Ciudad Luz que su relación terminaba, pero no para siempre, porque habría de continuarse cuando ambos renacieran en una encarnación diferente.

Y, a lo mejor, le estaba pidiendo que por favor, conservara el mismo rostro en la otra vida o quizás, asumiendo un optimismo repentino, le decía que de todas maneras allí, en el otro tiempo que les tocara vivir, habría de reconocerlo, y él a ella, porque todos conservamos para siempre la misma sombra y la misma tristeza que nos fueron dados el día primero de la fundación del universo.

Conforme fueron pasando los años sobre la carta cerrada, mi conjetura resultó modificada por algunos descubrimientos ulteriores. Me enteré de que el destinatario, mi tío José María, había vivido en Francia por espacio de quince años, y había vuelto al Perú solamente una vez, en 1936, el mismo año en que estaba escrita la carta, y también el año de su desaparición en España.

Eso cambió la conjetura. Pensé que quince años de separación eran bastante tiempo como para que María, en vez de la quinceañera antes imaginada, fuera más bien una mujer casada, y así la vi, mayor que antes, más atractiva, más triste, escribiendo de prisa como si el corazón se le estuviera yendo, y mirando hacia todos los lados, sobre todo mirando asustada hacia el tiempo en que había unido su vida a la de un hombre misteriosamente vulgar ¿Por qué y con quién se había casado ella? Nada en el sobre podía ayudarme a suponerlo. Se me ocurrió pensar que, por su parte, el marido lo había hecho para ocultar alguna triste anomalía de la conducta y que, acaso, cuando ella advirtió que su marido no era aquel que ella había creído, o tal vez era lo que ella no había creído que fuera, decidió separarse pero ya era tarde porque, para las leyes peruanas, si uno de los cónyuges se opone al divorcio, el matrimonio es eterno.

O quizás me equivocaba y lo único cierto era que ella había escogido como esposo a ese tipo de hombre para no olvidar jamás al ausente e imposible José María.

Y se me ocurrió imaginar a María declarándole al marido su desamor. Pensé que se lo había confesado un día sábado por la tarde, y vi cómo sus palabras rebotaban contra la espalda de un hombre que prefería como siempre, la siesta a la vida conyugal. La imaginé diciéndole que nunca lo había querido o que en todo caso el amor se le había gastado por falta de uso. La escuché asegurándole que había que terminar sin ruidos ni estridencias, que por su parte no deseaba compartir los bienes conyugales y que, en consecuencia, él bien podría quedarse con todo porque lo único que a ella le importaba era su libertad.

Y no necesité conjeturar demasiado para adivinar lo que posiblemente el hombre había respondido: "Mírate las manos y mira las mías, y piensa cómo se van a ver juntas, las unas con las otras, hora tras hora y día tras día, porque envejeceremos juntos y porque vamos a entrar en el valle de la muerte, tomados de la mano".

"Y vuelve a mirar mis manos para que sepas que ellas nunca van a firmar el mutuo disenso, y bien sabes que sin mi firma no hay divorcio, no hay separación, no se rompe la santidad de la familia. Y vuelve a mirar tus manos, y piensa cómo van a ser cuando sólo sean huesos y arena porque, desengáñate, moriremos juntos".

"Y mírame a los ojos para que me reconozcas cuando pertenezca al barro, porque nos enterrarán juntos y vamos a ser dos rostros de arena que se van a estar mirando para siempre, o unas manos de barro que van a deshacerse juntas, junto a dos anillos de oro, año tras año, por los siglos de los siglos en la tierra que no tiene fin".

La pensé mirándose las manos y rebelándose contra el tiempo y la muerte. Se me ocurrió que tomaba una pluma e iniciaba un intercambio de cartas mágico, y a veces doloroso, con José María, un diálogo al amparo de barcos oscuros y travesías lentas por un mar sin fin, y razoné que, al pasar de los años, en una carta escrita con tinta azul oscura, color del océano Atlántico, el hombre que vivía en París, le había propuesto la fuga.

Me entenderás que fue entonces cuando pensé que, puesta a escoger entre la libertad y el miedo, ella había escogido el amor y la libertad: lo deduje así por el firme trazo de su letra en la carta sin tocar, y en consecuencia de eso, lo vi a él volviendo al Perú a buscarla, lo adiviné arribando al Cusco de noche, sin prisa, caminando como lo hacen los que están cumpliendo su destino.

El color naranja de la caligrafía me sugirió una felicidad temible, escondida en el sobre por sus ganas de durar hasta el fin del mundo, y por eso, imaginé que María y José María habían sido tan felices en su encuentro como deben ser en el cielo dos almas cuando se encuentran, y son las almas de una mujer y un hombre que han vivido toda una vida locos por encontrarse en la muerte.

¿Puedes creerme que los vi preparando su fuga? Basta con mirar otra vez el sobre cerrado para estar seguros de que, antes de la fecha fijada, fueron inmensamente felices por unos días o por acaso tan sólo unas horas, pero todos sabemos que las horas y los días de amor no tienen equivalencia en ningún lugar del universo, y que pueden retardar la llegada del sol por lo menos hasta un día más allá del día siguiente.

¿Qué pasó después? Lo único que nos puede decir el sobre es que no se fueron juntos. Una carta cuyo destinatario no llegó a abrir presupone un desentendimiento o una fatalidad. Además, ella había pegado los sellos postales con el rigor y la perfección que suelen tener las personas que no se atreven a una locura, o que se atreven a una locura, pero no a una fuga.

O tal vez todo había ocurrido entre sueños. En medio de la noche, el marido le había apuntado a los ojos con una linterna eléctrica: "Estás soñando con un bosque", le había dicho: "Eso significa que te vas".

"¿Te vas, de veras? ¿Te estás escapando?". Y luego había apuntado con la luz a su propio rostro:

"Mírame. No olvides que te casaste conmigo y que estás condenada a verme por toda la eternidad".

Y ella lo había visto tal cual lo vería todos los días hasta que la eternidad se acabase, como un bulto azul, con su cara y sus pesados brazos muertos, esperándola para recorrer en la lenta noche eterna el camino hacia alguna vaga estrella oscura.

Y fascinada por el terror, quizás se había dicho que todo lo había soñado, y había bajado hasta la calle donde la esperaba José María para decirle:

"Tengo que ser prudente, amor mío". Y se me ocurre que añadió: "Mi familia me ha aconsejado que sea prudente. Entiende que no podemos hacer las cosas de esta manera".

Y hay que pensar que José María le haría ver que lamentablemente no había otro camino que el de la fuga.

Supongo que ella le respondería:

"Sí, es cierto, tú tienes razón, han pasado los años y él no acepta el divorcio, pero ahora sí tendrá que hacerlo. Déjame unos meses, por favor, amorcito, y ya verás. Se lo pediré bonito, y él entenderá".

Y lo vi a él, y la vi a ella, los vi mirándose por última vez como se miran los que solamente van a volver a verse cuando ya hayan pasado por debajo del tiempo y las aguas de la muerte. Me parece que se sonrieron antes de que él tomara el camino que lo alejaría del Cusco y del Perú. O probablemente, los dos creyeron que todo se iba a arreglar de esa manera, y se dieron un beso que se habrá de repetir la noche en que acabe el día largo del Juicio Final, y las almas de los que se amaron vuelvan a la tierra volando a toda prisa. Lo cierto es que lo vi a él alejándose del Cusco, hundiéndose en el camino mientras la luna crecía y crecía hasta abarcar las tres cuartas partes del cielo conocido.

Quizás antes de que José María se marchara, ella y él supieron, al mismo tiempo, que su adiós era un adiós verdadero porque no se verían sino hasta el tiempo en que Dios haya de bajar otra vez a la tierra, pero prefirieron engañarse y se dieron un beso y lo hicieron con los ojos cerrados para no enterarse que la muerte puede ser más ligera que el amor, y la tristeza es mucho más densa.

Y es posible que la noche siguiente de la fallida fuga, el esposo se haya acercado a María para decirle: "Sé que te has quedado aquí por miedo, pero no me importa. Sé que toda la vida has estado mirando hacia otro lado y sé que tienes la esperanza de durar más que yo, pero eso no va a ser así porque no quiero dejarte solita. Voy a vivir más que ustedes dos y vas a quedarte conmigo mirándome las manos y los dedos porque tan pronto como te lleguen la noche y la muerte, yo te cerraré los ojos".

Dime si todo esto no es verdad. En todo caso, una carta es más ligera que todas estas reflexiones, pero tarda más en llegar. Seguro que María la escribió cuando el enamorado apenas había partido para, quizás, repetirle que todo era imposible ahora, pero que de todas maneras se verían en la otra vida. Tal vez pensó que era mejor acabar con la esperanza porque la esperanza ocupa mucho espacio en el reino de los cielos. Pero más que todo, debe haber sido por miedo y obediencia al hombre que vivía con ella que se decidió a escribir la carta, aunque ella creyera que lo hacía por razones diferentes.

Hay que presumir que la carta rompía para siempre el ciclo del amor infortunado, y declaraba que ya era mejor no esperar. La esperanza vuela mucho más, pero la carta suele ser más ligera que la esperanza, o acaso más persistente. Apenas él había salido del Cusco y se hallaba en camino hacia Lima cuando ya lo estaba persiguiendo esa carta. Los dos tenían a París como destino, pero en el camino había que llegar a Lima, y llegaron juntos, él y la carta.

Naturalmente, él no lo sabía, y no hizo nada por evitarlo, pero se quedó un tiempo en Lima, o lo retuvieron sus amigos y familiares. A la carta, por su parte, la hicieron esperar los trámites interminables de la aduana y el control político usual. Al cabo de dos meses, la carta y el hombre partieron a Europa, a lo mejor el mismo día pero en distinto barco. O quizás viajaron juntos, pero como les suele ocurrir a los enamorados, José María viajaba invisible.

La carta cerrada tiene una dirección: 33, George Mandel. París 75016. Hay que suponer que allí la recibió la *concierge* del edificio, alguna rolliza bretona aficionada a los cigarrillos Gauloise, al Tarot profético y al comunismo. Y también debemos pensar que se entusiasmó por los sellos postales, y que los reclamó al inquilino del *septième étage*, luego de repetirle algún viejo dicho de la Bretaña según el cual las cartas de amor ocupan un lugar que está en el Paraíso y en el infierno, al mismo tiempo.

"A veces las cartas se contestan en el cielo", supuestamente le dijo, y le explicó, a lo mejor, que los dados mágicos le habían contado que el amor desdichado se repite de manera idéntica, por contagio, y que por eso no vale retener cartas antiguas.

Como podrás advertir, María Elena, todas estas son conjeturas, pero no hay que ser adivino para pensar que José María, además de sospechar el contenido, se dio cuenta de que la carta lo había venido siguiendo por el océano y de que ambos habían desembarcado juntos en el puerto de El Havre, y entendió que esas coincidencias tan sólo ocurren en las cartas de despedida.

Probablemente, le ofreció los sellos a la *concierge*, pero no pensó jamás en cumplir con ese ofrecimiento, y es posible que subiese luego a toda prisa los siete pisos que lo separaban de su pequeño departamento, pero no leyó la carta, ni siquiera la abrió, y aquella se quedó reposando sobre una mesa, tirada allí, sin moverse, exactamente como lo hace un perro consentido o como nos espera, junto a nuestra cama, la muerte.

Te he contado varias veces lo poco que sé de la suerte corrida por mi tío, el destinatario, pero hace un tiempo me enteré de que a fines del 36, abandonó el cuarto que ocupaba en la *rue* George Mandel, que posiblemente dejó sus pertenencias en una custodia y que entregó dos libros, algunas fotografías y una carta sin leer a un tal Burgos, uno de sus amigos más cercanos.

Me preguntarás qué pasó después con José María y, como de costumbre, bromearás conmigo preguntándome si el tipo de estampillas escogidas por María podría darme una respuesta. No necesariamente. Pero este verano lo supe.

Después de visitarte en el Cusco, viajé al norte del Perú y visité la casa de mis abuelos, ahora tan sólo ocupada por dos hermanas de mi madre. A mi tía Hilda, una de ellas, le confesé que era yo quien había escondido aquella carta hacía diez años y le juré que la guardaba sin abrir.

"¿La carta?, ¿qué carta?", me preguntó antes de que le siguiera hablando.

Y yo se lo dije, pero ella no dio señas de recordarla. Le hablé varias veces de la carta cerrada que yacía sobre la cómoda y que mi abuela velaba a los pies de San Sebastián, pero eso no le decía nada. Entonces me olvidé de hablarle de la carta, y le conté la razón por la cual yo había viajado desde el Canadá. Le dije que en Vancouver, donde resido, los gansos salvajes se pasan la mitad del año volando hacia el Sur, y que acaso aquello también estaba ocurriendo con mi alma.

Le conté que, a veces, me daba ganas de ponerme piedras en el bolsillo para no irme volando al Perú, y por fin, María Elena, le narré la historia de nuestro enamoramiento cuando estabas en la escuela secundaria, y de las situaciones que desde hace veinticinco años convierten lo nuestro en un imposible amor.

Pero mi tía no daba la sensación de estar escuchándome, y tal vez sin advertir que yo estaba a su lado, me habló del tío José María. Entre otras cosas, me contó que aquel se había mudado de Francia a España a fines del 36 a poco de llegado del Perú, y cuando ya llevaba medio año de iniciado el levantamiento de Franco.

"Parece que se fue para allá decidido a morir porque lo perseguía una obsesión".

Le pregunté si esa obsesión era una mujer que habitaba en el Cusco y que le había escrito aquella carta, pero esta vez mi tía ni siquiera dio señas de haberme escuchado.

"Todo lo que sabemos es que peleó junto a los anarquistas de Buenaventura Dorriti, y después nada. Tal vez se lo llevó una ráfaga, o tal vez fue una obsesión".

Lo único que había regresado de él eran unos cuantos libros, y dentro de uno de ellos venía la carta. Ni mi tía ni el resto de la familia sabían lo que aquella decía, pero la habían guardado sin abrir porque, según ellos, no se debe abrir las reliquias, los sepulcros, las cartas ni los libros secretos.

Como te seguía diciendo, amor mío, el mundo se repite y, sin consultarnos, nos toma como actores. Y debe ser por eso que he decidido no abrir tampoco la carta que acabo de recibir de ti, y que voy a depositar en mi escritorio al lado de la antigua. No voy a leer lo que me escribes porque intuyo cuál es la resolución que has tomado, ya sé que no vendrás conmigo y sospecho que es inútil rebelarse contra el destino. Se me ocurre ahora que el destino de los hombres ya está escrito desde el comienzo de los tiempos en un conjunto de cartas sin abrir que Dios, en su infinita misericordia, deja cerradas y hace que se repitan bajo nuestros ojos.

Y debe ser por eso también que mi tía dijo que la historia se repite cuando le conté que tú y yo nos hemos hecho la promesa de sobrevivir al hombre que está casado contigo, y, si eso no es posible, de aspirar bastante aire cuando nos toque morir para no morir cuando estemos muertos.

Las sombras y las mujeres

¡Atención, señoras y señores. Vengan pronto a ver lo que nunca han visto y lo que nunca más sus ojos volverán a ver. Vengan a ver cómo una bella mujer desaparece en las sombras del universo. Vengan a ver cómo trabaja mágicamente Salomé Navarrete, el primer mentalista de las Américas, con estudios en Guadalajara y doctorado en la India. Vengan a escuchar la portentosa historia de su infancia pobre en Jalisco, de sus treinta años de meditación en el Oriente, y de su ingreso triunfal en los Estados Unidos. Vengan a conocer el destino de ustedes, pobres y ricos, ignorantes y sabihondos, castos y malvivientes, distinguido público de esta ciudad que me honra con su presencia, y vengan por fin a ver cómo se materializa la doncella que hace un rato se volvió invisible, cómo emerge de las sombras y cómo vuelve a aparecer convertida en la más bella mujer del universo!

Eso es lo que yo me desgañitaba gritando anoche y eso es lo que ahora nadie quiere entender. Pero usted sí tiene que ayudarme.

Por favor, dígales que se están equivocando conmigo, y que deben dejarme en libertad. Hágales ver que mi problema se debe a un simple error en el cielo. Explíqueles que sólo soy un modesto astrólogo y hágales entender que, reteniéndome aquí, están poniendo en peligro el equilibrio universal de los planetas, los hombres, los vientos, los pájaros, los peces y las aguas.

Si yo supiera hablar inglés, ya le habría contado toda mi historia a la policía, y hace rato que estaría libre porque toda mi vida, así los buenos como los malos tiempos, no ha sido otra cosa que un fiel cumplimiento de las leyes de los hombres y de los astros, y lo que ahora hay de problemas en mi vida se debe solamente a algunas imperfecciones del zodíaco.

A usted sí quiero contarle, para que me traduzca, que he nacido en Guadalajara porque esa es la tierra más adecuada que se podría haber escogido para mi nacimiento si tiene usted en cuenta que nací bajo el segundo decanato del signo de Capricornio, y que los nativos de este signo tenemos una vida muy mezclada, y solamente conocemos extremos, o bien la fama y la fortuna o bien la desdicha y la ingratitud de las mujeres.

"Perderás la fortuna, pero la fortuna volverá a tus manos. En cambio cuídate de los eclipses porque a las mujeres con quienes vivas siempre se las llevará la sombra", dice mi mapa zodiacal, y así ha sido siempre.

Debe ser por eso que no me preocupé demasiado y me dije que todo estaba planeado en el cielo cuando me comenzó a llegar el desastre. Creo que ya le he contado que yo era comerciante y que vendía repuestos para carros allá en mi tierra, y la verdad es que no tenía de qué quejarme cuando el día menos pensado, mi mujer me llamó a la tienda para decirme que tenía urgencia de hablar conmigo para informarme que nunca me había querido y que si había disimulado su desamor era porque no quería que yo me olvidara del pan de nuestra hijita, pero ahora que la pequeña había cumplido veinte años, eso ya le parecía innecesario.

"Eres una típica Escorpión", le dije, y añadí que era absurdo que me dejara ahora cuando justamente todo estaba andando bien y yo andaba en camino a ser un rey del mundo. Además, le leí el Tarot y allí se veían a su lado para siempre la silueta elegante, la próspera pancita y los bigotes varoniles de un caballero en la flor de la edad, la cincuentena, que no podía ser otro más que yo. Así que me concedió una tregua, y durante ese tiempo comencé a darle lo que nunca le había ofrecido, todo lo que una mujer inteligente necesita para ser feliz. Le obsequié joyas, hice que se comprara ropa fina y la llevé de viaje a Miami donde compré a su nombre un apartamento. Además, cuando regresamos a Guadalajara, la animé a matricularse en un gimnasio y a tomar lecciones de baile. Pero la suerte estaba echada: un buen día, no regresó de las clases y por más que la busqué, no la volví a encontrar, y solamente pude saber de ella cuando, algunos meses después, me mandó una carta dándome a saber que se había ido a vivir no sé dónde con su profesor de danzón, y agradeciéndome porque los mensajes del Tarot la habían ayudado a descubrir que el bailarín, un morocho de bigotes, era el hombre de sus sueños.

Al principio, pensé en recurrir a la policía para que me devolvieran a mi esposa legítima, pero al final me di cuenta de que nada iba a poder hacer para encontrarla: tal como lo anunciaban las cartas inexorables de la profecía, el día de su fuga, un eclipse de sol había dejado en penumbras a Guadalajara, a Jalisco y quizás a todo el universo.

Sólo me faltaba perder mi negocio para que la desgracia fuera completa, y así fue: una mañana fue a visitarme un jefe de la policía judicial mexicana para hacerme saber que estaba muy interesado en comprarme mi tienda, y que pensaba darme un pequeño adelanto por ella e irme pagando el resto en cómodas cuotas mensuales que yo recibiría en mi casa.

"Sentado en su casa, y sin mover un dedo. Usted ya se merece un descanso, don Salomé".

No podía discutir con él porque de todos modos sabía que iba a perder, y no únicamente por causa de mi horóscopo sino porque es muy difícil decirle que no a un policía. Además, el comandante necesitaba mi tienda para lavar sus dólares porque todo el mundo sabía que se ganaba la vida con el contrabando de drogas.

"Jefe, usted sabe que este negocio es mi vida", me atreví a decirle, pero el hombre era lacónico y expeditivo:

"Volveremos a hablar el lunes", me dijo. "Ya para entonces, estoy seguro de que habrás cambiado de idea".

Y así fue. El lunes, al mediodía, me hizo comparecer en su despacho y allí me habló con entera sinceridad. Sacó del escritorio un pequeño paquete y me lo mostró: "Uno de mis agentes dice que encontró este paquete en tu tienda, y está dispuesto a jurarlo en caso de que tú lo niegues. Es cocaína, y de la buena, pero no voy a detenerte porque tú eres un hombre razonable".

Quise decirle que eso no podía ser cierto, pero yo solamente era un simple ciudadano y él era todo un señor policía, con excelentes vinculaciones en el gobierno. "Quiero hablarte con el corazón –me dijo–, tienes dos caminos para escoger: el primero es que niegues que este paquetito es tuyo, y en ese caso, te pasamos a los policías de narcóticos, quienes son especialistas en hacer hablar a los mudos".

"Y luego, está el segundo que es más inteligente. Te das por vencido, y todo queda entre amigos: yo no te he visto nunca y tú escapaste antes de que llegáramos, pero eso sí, tienes que firmarme este contrato de venta de la tienda, y a lo mejor hasta dispongo que alguno de mis muchachos te haga pasar, por Tijuana, a los Estados Unidos".

Como sé que es inútil luchar contra la ley y contra las leyes del universo, acepté, y fue así como llegué a este país, si quiere usted saberlo, pero no me apremie a que termine la historia, por favor. Déjeme que le cuente el resto para que comprenda la importancia que los astros tienen en mi vida porque habrá usted de saber que nosotros, los que venimos de América Latina, somos como animalitos atados por la cola a un destino muy glorioso, según algunos autores.

Y déjeme que le explique el resto de la historia para que sepa cómo fue que conocí a Moonie y por qué la hice mi mujer. Así le será a usted más fácil hacerles entender a los gringos que soy inocente de todo lo que ellos sospechan.

Así pues le seguiré contando que, en Los Ángeles, un pariente mío me invitó a vivir con él y con su familia todo el tiempo que quisiera hasta que mi suerte comenzara a cambiar. Me ofreció, además, conseguirme una visa con la que podría trabajar honestamente, y así podría haber sido todo si no hubiera sido porque todavía seguían mirándome desde el cielo las mismas estrellas que, por entonces, hace hoy justamente tres años, habían formado una conjunción fatídica sobre el destino de los nativos de Capricornio.

Los agentes de Inmigraciones que tocaron la puerta de esa casa no preguntaron por mí sino por mi primo, y, sin darle tiempo para que comenzara a explicarse, se lo llevaron. Al parecer, según supimos después, estaban profundamente admirados por sus habilidades artísticas para fabricar visas de residencia en Norteamérica, y lo mandaron de regreso a México para que no siguiera repartiéndolas entre los indocumentados de aquí.

A Oregon vine a vivir porque también tenía unos conocidos y porque en Los Ángeles ya no valía la pena: la casa de mi pariente estaba siempre rodeada por la policía, y las estrellas parecían estar allí decididas a que yo me batiera como gato patas arriba. Además, el tiempo de las cosechas había comenzado aquí, y recogiendo manzanas pude ganar algunos dólares.

Le he dicho que soy astrólogo, pero a lo mejor no he sido del todo preciso porque la verdad es que nunca antes me había ganado la vida de esa manera. El saber consultar con los astros es solamente una gracia que Dios me ha dado, pero en lo que he trabajado todo el tiempo ha sido en el comercio y, como le repito, de eso no puedo quejarme porque en México había amasado una regular fortuna y, cuando mi mujer me dejó, ya estaba en camino a ser un rey.

Lo malo es que no puedo decirle que, con dinero o sin dinero, yo hago siempre lo que quiero, como dice la canción, porque al acabarse la cosecha de frutas, tuve que ir a pararme en la esquina de las calles Commercial y Rural, en Salem, donde, como usted sabe, hay que estar esperando hasta que alguien pase y le ofrezca algún trabajo.

Allí, generalmente, me pasaba el día sin que nadie me considerara elegible para una faena física. Los años pesan, sabe usted, y por eso me veía obligado siempre a aceptar lo primero que me propusieran y a trabajar en todo, aunque en todo me fuera mal. Cuando trabajé de jardinero, el jardín se llenó de garrapatas y cuando fui ayudante de cocina, el cocinero se suicidó después de leer un libro sobre amores imposibles.

Después pasé a trabajar en un restaurante cuyos dueños ofrecían platos mexicanos desde las seis hasta las nueve de la noche, pero de entonces hasta la medianoche, cambiaban de giro, ponían música de *Las mil y una noches* y me obligaban a vestirme de camarero árabe, pero el restaurante tuvo que cerrar por culpa de un malentendido. ¿Se acuerda usted de la bomba que una secta de árabes puso en un edificio de Nueva York? Bueno, debido a eso, nuestros clientes dejaron de llegar, y el dueño comenzó a recibir llamadas amenazantes hasta que cerró el negocio.

Mejor no le cuento todos los oficios que he tenido. En todo caso, el asunto es que me duraban poco, o bien me echaban al descubrir que era ilegal, o justamente por eso me pagaban una miseria. En esas andaba, cuando un amigo del signo de Libra, que es el de los buenos amigos, se decidió a abrirme los ojos. "Salomé –me dijo–, tú nunca vas a encontrar un trabajo permanente si sigues de ilegal. Aquí lo que tienes que hacer es encontrar una gringa para que te cases con ella, te hagas ciudadano de este país y arregles definitivamente tus papeles".

La idea era buena, y no solamente para no seguir sintiéndome como un delincuente sin papeles de identidad, sino también para acabar con una soledad a la que no estaba acostumbrado, de modo que tiré las cartas y clarito allí se veía: mi carta era la del rey de corazones. Sobre mi cabeza había una mujer rubia y sobre la suya aparecía la luna. Me pregunté si Luna era su nombre.

Pero, ¿cómo encontrarla? Mi amigo me mostró una cantina donde los hispanos se reunían, especialmente durante los días de pago. Como nuestra gente es muy generosa, el lugar se había hecho muy conocido para algunas mujeres que iban allí a buscar quién les pagara un trago. Con el tiempo, se le había dado al bar una utilidad adicional: la de centro para concertar matrimonios.

Si está usted interesado, vaya al bar Cielito Lindo, y allí le explicarán lo que debe hacer. El asunto consiste en sentarse en una mesa especial a la que también van otros candidatos al amor, y pasarse allí la noche esperando a que una dama lo escoja a usted como pareja. Si las cosas salen bien, uno puede resultar casado rápidamente y apto para conseguir el permiso de trabajo o la visa permanente en los Estados Unidos. En caso contrario, la gente se separa sin resentimientos, y cada uno sigue su propio rumbo.

Parece fácil, pero no lo es tanto. Mi amigo me había hecho ver que había que arreglarse un poco para ser escogido, y la carrera para convertirme en un hombre atractivo estaba llena de dificultades. Mis pocas horas libres me las pasaba buscando ropa barata en las tiendas de segunda mano, e incluso fui a una peluquería para que me pintaran las canas, con tan mala suerte que el tinte me cambió de color de pelo y resulté pelirrojo.

Y lo peor de todo es que pese a eso, y a que llegaba al bar antes que todos, me pasaba horas y noches sin que apareciera mi princesa azul. "Ese hombre me gusta", "A este me lo llevo yo", iban gritando las mujeres, y cuando una decía: "Yo quiero al de bigotes", todos volteábamos al mismo tiempo hasta que, al fin, la gringa se llevaba de la mano a alguno de mis compañeros quien, mientras era arrastrado, me lanzaba una mirada plena de buenos deseos. Pero nada de nada, oiga usted, la edad atada al sufrimiento y al trabajo duro conspiraban contra mi buena apariencia, y al final de la noche tenía que levantarme de la mesa e irme a dormir solo, y eso me hacía sentir como si fuera una prostituta jubilada.

Hasta que una de esas noches, sentí que era objeto de un examen detenido y silencioso. La mujer que me observaba se fue acercando a la mesa, y yo preferí no mirarla ni moverme: fuera a torcerse otra vez mi suerte, pero no se torció. La mujer avanzó hasta quedar a mi lado y, entonces, me pidió que abriera la boca.

"Tienes una dentadura bellísima", me dijo. "Te la había visto de lejos, y pensé que tenía que ser postiza". Y se alejó. Con ella se iba mi última esperanza de la noche de modo que cerré los ojos, pero cuando probablemente ella ya había llegado a la puerta, gritó:

"¿Quieres venir conmigo?" Y sin esperar respuesta, añadió:

Come here. Y yo la seguí como se sigue al sol o a la luna, porque es necesario o porque así es la vida, o porque sí simplemente. Y en esto también se cumplía el Tarot porque, cuando le pregunté su nombre, me dijo que se llamaba Moon, que en castellano significa luna, como la luna que había aparecido al tirar los naipes. "Pero puedes llamarme Moonie", me dijo mientras me conducía a su casa.

Solamente a la mañana siguiente me pude dar cuenta de que se trataba de una mujer rechoncha y bastante maltratada por el tiempo, pero me fui a vivir con ella en su apartamento porque no era el momento de hacer reparos ni tenía yo alternativas.

Moonie hablaba un poco de castellano debido a que, de joven, había vivido en México, según me contó. No me dijo en qué ciudad ni en qué había consistido su trabajo, pero a mí no me interesaba hacerle preguntas. Lo que yo deseaba era nuestro pronto matrimonio, pero esperaba que ella me lo propusiera. Sin embargo, y a pesar de que el primer mes fue el único bueno de nuestra relación, Moonie no me habló de boda, de manera que fui yo quien tuvo que tocar el tema, pero tan sólo pude comenzar.

"Cállate. Te ordeno que no hables de eso. Eso es lo único que quieren los hombres". Y comenzó a dar vueltas por el dormitorio mientras mascullaba que los mexicanos eran sucios y que deberían largarse del país. Al final, pareció pensarlo con más calma y me dijo que había que esperar un año hasta que viéramos si de veras nos comprendíamos y si éramos el uno para el otro.

Me pregunta usted por qué no me fui de su casa esa misma noche. ¿Y a dónde, si se puede saber? ¿Al cuarto que había dejado unas semanas antes? ¿A un hotel con los bolsillos vacíos? ¿A México, donde me estaba esperando la policía para acusarme de narcotraficante? ¿Qué haría usted si también fuera, como yo, un hispano indocumentado en los Estados Unidos?

Nada de eso podía hacer porque ella, cada mes, me exigía que le entregara mi cheque de pago a cambio de no sé qué, tal vez de su compañía, tal vez de la esperanza de casarnos alguna vez. Lo cierto es que ella no trabajaba y que, además, su estado de ánimo era bastante variable. Un día me dijo que yo era lo más lindo que le había ocurrido en la vida, y que pronto se casaría conmigo.

Pero una tarde, llegando del trabajo, encontré el apartamento en completo desorden, y a Moonie que estaba muy furiosa y que parecía haber tenido alguna riña con alguien que había estado allí un poco antes.

"¿Qué pasa?", le pregunté, "¿qué pasa?", pensando que habían entrado los ladrones, pero la única respuesta que obtuve fueron sus gritos cada vez más destemplados y sus uñas contra mi cara mientras me gritaba que todos los hombres eran una basura.

Me metí al baño para no participar en la pelea, pero no sabía que ella en esos momentos estaba llamando al 911, el teléfono de emergencias. Unos minutos más tarde, cuatro policías gigantescos irrumpieron en el apartamento y alguien echó abajo la puerta del baño de una patada, y después de eso, no sé lo que pasó. Uno de los custodios, el doble de mí en largo y en ancho, me alzó por el cuello y me dijo algo que no entendí. Moonie, llorando, probablemente les contó que yo la había atacado. Eso es lo que yo entendía de los gestos que hacía mientras hablaba, y yo no pude defenderme de la acusación porque, como ya le he contado, lo único que sé decir en inglés es *good morning, my queen*.

No quiero que se canse con mi historia, así que la voy a hacer breve. Después de pasar una semana en la cárcel, recibí la visita de Moonie, quien estaba muy arrepentida e iba a llevarme de regreso a casa. Un tiempo después me enteré de que ella tenía una relación amorosa paralela y que, cuando se peleaba con el otro, era yo la víctima propiciatoria. Ya sé lo que va a decir usted, pero le repito: ¿qué haría usted si fuera un hispano sin documentos en los Estados Unidos?

Ya le he dicho que no la voy a hacer larga. Nos casamos a los dos años de conocernos, y después de que ella me hubo puesto muchas veces en la cárcel. ¿Que por qué se decidió? Por una razón muy sencilla que determinó un cambio de fortuna en mi vida: no sé si le he contado que mi padre era ilusionista. En Guadalajara lo llamaban *El Fakir* y de él aprendí algunos trucos de magia que, en los raros momentos de ocio, solía practicar. De un momento a otro, comencé a trabajar en público ante pequeñas audiencias de mexicanos que me pagaban por ello y, a la vez, me rogaban que les leyera su destino. Y, pronto, comencé a recibir ganancias tan apetitosas que confirmaban la profecía de mi signo según la cual perdería la fortuna, pero la fortuna volvería siempre a mis manos.

Y entonces fue cuando Moonie, convertida ya en una Lunita cariñosa, me dijo que yo era el hombre de su vida y que no tenía ya por qué pensarlo tanto y me llevó al altar, que no fue un altar sino la oficina de un juez gringo quien nos preguntó si habíamos tenido tiempo para pensar en el paso que estábamos dando.

"Imagínate qué pasaría si no nos casamos ahora", me dijo Lunita. Y añadió: "A lo mejor otra mujer te rapta", aunque estaba segura de que no podía ser así porque yo le he dado pruebas suficientes de fidelidad y paciencia, aunque no sé, en verdad, si estaba completamente segura porque comenzó a seguirme a la mayor parte de los lugares en los que actuaba, y a veces me obligaba a despedir a alguna de mis ayudantes en el caso de que fuera joven y le pareciera muy guapa.

Fue por entonces cuando los acontecimientos mágicos empezaron a ocurrir rápidamente porque quizás se aproximaba una conjunción estelar fatídica o porque acaso estaba cerca el tiempo del eclipse. Para hacer mi papel de mago, había ido a comprar un smoking de segunda mano en una tienda del Ejército de Salvación cuando hallé este bastón al lado del vestido. Me dije que podía servir como varita mágica y que además se parecía extrañamente a la que usaba mi padre, así que no dudé en pagar los dos dólares que pedían por ella y, efectivamente, de entonces hasta ahora ha comenzado a servirme en la mayoría de mis actuaciones.

Uno de mis números preferidos consistía en hacer desaparecer a Patti, una gringa bonita que aparecía en escena vestida de reina francesa. Después de conversar con ella, le pasaba la vara por la cabeza, y la chica se volvía invisible. Un rato más tarde, luego de rezar un Padre Nuestro al revés y de pronunciar las palabras mágicas, Patti aparecía en otro lado de la sala, apenas vestida con un breve bikini.

Pero anoche justamente, me cayó la censura. En el momento en que charlaba con mi ayudante sobre la vida en el mundo invisible, apareció en la escena Moonie, mi esposa, con aire de estar enfurecida. Hizo a un lado a Patti y se puso de pie sobre el círculo mágico donde aquella había estado: "Distinguido público –anunció–, un mago que se respete trabaja siempre al lado de su legítima esposa, y eso es lo que ahora va a hacer Salomé Navarrete, el Fakir de Guadalajara".

Y eso es justamente lo que les estoy diciendo que ha pasado, pero nadie me quiere comprender. Acepté con paciencia que Luna echara a un lado a mi ayudante, y comencé a ejecutar los pases secretos con esta varita mágica sobre su cabeza. Al séptimo pase, ella se había vuelto invisible.

Todos se quedaron perplejos y si usted quiere saber la verdad, también yo estaba asombrado porque nunca le había explicado el truco a Lunita. Durante media hora, el público no cesaba de hacer preguntas y de felicitarme. Alguien comentó incluso que hacer desaparecer a la delgada Patricia nunca había podido ser tan prodigioso como meter en la nada, en el bolsillo negro del universo, los ciento veinte kilos de mi esposa, y muchos dijeron que pagarían lo que yo quisiera por ver el acto de nuevo.

Una señora me preguntó si Lunita iba a aparecer entre el público tan escasa de ropa como lo hacía Patti, pero yo no le podía responder porque no lo sabía, y porque ya me estaba cansando de hacer pases con la varita mágica sin que mi mujer apareciera y ya había pasado más de una hora desde el momento de su desaparición. "Atención, señoras y señores, vengan a ver cómo una distinguida dama entra y vuelve a salir de las sombras del universo". Eso es lo que yo me desgañitaba repitiendo hasta que me di cuenta de que todo estaba consumado. Fue entonces cuando recordé que anoche había habido eclipse total de luna y supe que mi suerte estaba echada. Moonie no ha vuelto a aparecer y es como si se hubiera ido a conocer la nada. La policía llegó a medianoche y hasta ahora me están pidiendo que me declare culpable. Por eso es bueno que usted me escuche y me traduzca, y les explique que todo esto no es más que una conjunción astral equivocada o un simple error del cielo. Dígales usted eso porque yo no puedo ni siquiera comenzar a contar esta historia: cuando comienzo a hablar en inglés todos se matan de risa.

Página final en el Oeste

Al salir del cine Gloria, Cayo Cabrejos proclamó que la mejor película en toda la historia del mundo era la de *Flash Gordon contra el planeta Mongo* y yo le porfié que *Jinetes en las nubes*, con Roy Rogers, era la mejor del universo y de todos los tiempos, y que nunca se podría comparar las películas del espacio con las del Far West. La verdad es que ninguno de nosotros dos tenía suficiente autoridad para hacer este tipo de afirmaciones, porque uno y otro apenas llegábamos a los nueve años de edad, y todavía mi vecino no era piloto de jet ni yo había salido siquiera cien kilómetros más allá de nuestro pueblo.

La acción de *Jinetes en las nubes* transcurría en una aldea del Oeste llamada Corvallis, Oregon, donde siete vaqueros eran asesinados misteriosamente sin que su muerte fuera vengada o se descubriera al criminal. Era el año de 1899, Roy Rogers, el héroe vagabundo que había llegado de Arizona cantando, callaba, desmontaba, ataba su caballo a un poste, dejaba sus pistolas en la puerta del saloon, pedía allí un vaso de scotch, se sentaba cerca del piano y volvía a cantar; y de forma milagrosa, su canción comenzaba a aclarar todos los enigmas. Lo primero en ser descubierto, y además lo extraordinario, era la hermosa dentadura dorada de Rogers en la que sobresalían cuatro incisivos que habían sido hechos con balas de oro.

Luego de escucharse unos falsetes, la cámara pasaba de la cara del vaquero al paisaje circundante, colmado de pinos y montañas, para después subir a un cielo intensamente azul en el que se veía a los siete jinetes muertos cabalgando sobre las nubes mientras la canción de Roy Rogers iba revelando el nombre y las trazas del asesino. El malvado aparecía en la cantina, en ese momento. Era un hombre de bigote y pelo negro que, al ser descubierto, invitaba al joven a matarse con valentía y reciprocidad, lo cual era respetuosa y silenciosamente aceptado. Se batían en un claro del bosque, a la salida de Corvallis, y aquello era increíble. Comenzaban a dispararse uno enfrente del otro, pero las balas chocaban certeramente la una contra la otra en el espacio. Entonces el bandido daba un salto y se le veía disparando desde la copa de un árbol muy alto, pero el tiro disparado al corazón de Roy perdía velocidad antes de llegar al blanco.

Por la noche, los siete jinetes muertos bajaban de las nubes a nuestro mundo para presenciar la pelea, pero una bala del malvado hería a uno de los fantasmas, quien era llevado por sus compañeros otra vez al cielo para que no muriera por segunda vez. Salía el sol y se ponía varias veces, y los combatientes continuaban allí sin cansarse. El desenlace acontecía cuando una bala disparada varios días antes regresaba de dar la vuelta al mundo y se hundía en el corazón maldito.

Entonces Roy, el vengador, silbaba hacia el cielo, y desde allí descendía un caballo blanco hacia el claro del bosque. Era el suyo y, montado sobre él, se despedía de Corvallis porque los héroes no se quedan a vivir en un lugar sino que siempre están viajando del oriente hacia el oeste, y de allí otra vez hacia el oriente.

Había estado recordando algo de esto desde mi llegada a Oregon, porque hace siete años vine a trabajar en una universidad de aquí, y compré una casa en el pueblo más cercano al campus que, por casualidad, es Corvallis. Me pareció, lo repito, una casualidad que nada tenía ver con el filme visto en mi infancia, puesto que las razones para escoger este pueblo fueron dos: una, el hecho de que en Monmouth, la sede de la universidad, nadie se puede beber un vaso de vino porque hay ley seca desde el siglo pasado; y la otra, que el nombre de la ciudad donde ahora vivo significa, en latín, 'corazón del valle', o sea que he venido aquí a vivir en el centro del mundo y acaso también en el de mi propia vida.

La luna que se ve en estos cielos probablemente también está sembrada de pinos, como lo están todo el espacio y los cuatro horizontes. El cielo es otro cielo; en vez de cielo se parece al océano Atlántico en la intensidad de su azul y en la lentitud de los recuerdos que trae. Las cuatro carreteras que desembocan aquí han llegado desafiando hondonadas y subiendo montes y a veces cruzando por el medio de gruesos secoyas. Son caminos que parecen diseñados especialmente para caminar sobre nuestros viejos pasos.

La tierra se hunde al dejar Corvallis, y luego el camino se levanta como si quisiera llevar al viajero hacia un cielo del sur. A cinco millas del pueblo ya se puede divisar una breve cordillera sobre la cual se verá una columna de gansos migratorios detenidos en el mismo punto del cielo para siempre.

Pero, saliendo del pueblo y yendo de vuelta hacia nuestra infancia, ¿qué es lo que Cayo apreciaba más en su película preferida? ¿Acaso los poderes del emperador Ming, quien estaba decidido a destruir nuestro planeta con un rayo verde? ¿Tal vez la belleza de la princesa Charlene, cuyo cuello era tan blanco y traslúcido que dejaba ver el paso rojo de una copa de vino? ¿Probablemente el lento vuelo de los dragones hacia una laguna estelar durante las primaveras de Mongo?

Nada de eso. Lo que lo atraía era la forma como Flash Gordon, encargado de salvar la Tierra, había llegado hasta la superficie del asteroide enemigo. Ello habría sido imposible de realizar en una nave, pues la más veloz, la que navegaba a la velocidad de la luz, habría tardado mil años en vencer la oscura distancia y sobrepasar los abismos del universo.

La solución había consistido en desmaterializar al héroe terráqueo y en transmitirlo por las ondas de la radio hasta la distante fulguración de Mongo, en uno de cuyos bosques los fragmentos del hombre se juntaban, al igual que los pensamientos y la memoria, para reconstruir al salvador de los humanos, el valeroso Gordon, quien se tomaba unos minutos para vestirse con un uniforme celeste antes de avanzar hacia el castillo perverso de Ming.

Mi vecino y yo coincidíamos en sentirnos fascinados por el instante en que el héroe entra en la cámara del viaje. Una vez allí, se sentaba en la silla desmaterializadora, tomaba el timón de mando, oprimía el arrancador y todo se colmaba de un espeso color azul que invadía el cine y llegaba hasta nuestras butacas. En ese instante se podían apreciar millares de minúsculos planetas gravitando en la habitación a oscuras donde Flash Gordon comenzaba a atravesar el cosmos.

En esa habitación, en medio de las estrellas diminutas y de la vida derramándose por el infinito, Flash, o acaso únicamente su imagen, permanecía un largo, despacioso instante hasta que toda su persona se desvanecía en nuestro mundo y se rehacía en el distante Mongo, mil años más tarde. Eso me hizo pensar que alguna vez se podría viajar no sólo a una estrella de los confines, sino también a una época cualquiera del distante futuro. Quizás se podía volar desde el día y el año en que vivíamos, un día dudoso de la década de los 50, hasta aquel lejano año 2000 en que serían posibles todas las maravillas.

Cayo me dijo que quería ser piloto interplanetario, y que la felicidad de su vida futura estaría cifrada en el momento en que atravesara la región de los millares de astros enanos y recogiera de allí al comandante Flash Gordon. A mí me pareció que esa era una aspiración muy infantil, puesto que los aviones ya habrían pasado de moda, y bastaría con variar nuestro estado de conciencia para cambiar de espacio y de tiempo. "En el año 2000, se sabrá que el tiempo y el espacio son únicamente estados de nuestra conciencia", le dije.

"Yo prefiero viajar al año 2000 –añadí–. O quizás a 1999, para recibir el 2000 en una región de nuestro propio planeta en la que haya una llanura y un bosque infinitos. Allí aprenderé a ir y venir por el tiempo, y también a venir de rato en rato a Pacasmayo para ver una función cinematográfica con Roy Rogers y conversar contigo en la época en que éramos, somos o volveremos a ser niños".

La verdad es que no recuerdo lo que Cayo respondió porque toda la memoria de esos días está inundada por una agua verde, y además no he vuelto a evocar este diálogo desde hace más de cuarenta años. Supongo que mi amigo también lo olvidó, pero algo dentro de él, o del destino, ha estado trabajando para que parezca que nuestros sueños infantiles se cumplen, puesto que, terminada la secundaria, ingresó a la fuerza aérea, piloteó jets y es ahora un amable general a quien también le gustará, como en un juego, volver a estos curiosos recuerdos.

Por mi parte, no me he acordado de Roy Rogers ni de Flash Gordon durante toda mi vida de adulto, y sólo los nombro cuando compruebo que vivo en la colina más alta de Corvallis desde hace siete años, y que ahora, en mayo de 1999, frente a mí hay una ventana desde donde podría divisar el claro del bosque en el que Roy Rogers se batió con el bandido.

A pesar de estar aquí, tan en lo alto, casi en el cielo de Oregon, no se pueden ver las casas de la ciudad puesto que todas son mansiones victorianas de madera de no más de dos pisos y un ático. Más altos que reales, más vivos que las casas, verdean los pinos, los arces y los cerezos. Los pinos cubren las casas. Los arces cambian de color y son dorados, azules o índigos, según las horas y las luces del día. Los cerezos, en este mes, luego de la floración de abril, lanzan su polen hacia las cuatro direcciones, y la vida está flotando en el aire.

La vida navega hacia el norte y el sur, el oeste y el oriente, arriba y abajo, el pasado y el futuro, en la forma de estrellas diminutas, y parece que estuviera en la habitación donde Flash Gordon volaba hacia el lejano planeta Mongo. Entonces mis ojos se van al camino que hay frente a la ventana, se van volando sobre los bosques, se van al pasado permanente, y ya no sé si estoy en mi infancia o ya han comenzado para mí los tiempos de la añoranza. Tal vez todo esto sea, como lo pensaba de niño, solamente un estado de la conciencia.

En el cielo probablemente hay planetas silenciosos y dragones que navegan sobre una laguna estelar. Pero eso se debe ver en las noches. Ahora es todavía la tarde, y frente a mi ventana, cuando aguzo la vista, comienza a precisarse una imagen más concisa, y entonces veo un hombre que viene caminando desde el claro del bosque, y de pronto tal vez silba hacia el cielo y, de allí, quizás, parece descender hacia Corvallis un caballo blanco que es el suyo. Se van hacia lo que está más lejos, hacia el oeste. Como cuando se canta en la oscuridad, y la historia es infinita.

La invención de París

París, tal cual hoy lo conocemos, fue inventado por mi amigo Juan Morillo Ganoza en Trujillo durante un lento y exasperante invierno de los años sesenta que, por lo que se ve, fue para él muy constructivo y pródigo en mano de obra.

No lo podemos encomiar ni culpar por los resultados de su esfuerzo toda vez que probablemente nos respondería con estudiada modestia: "¿De qué me felicitan?... Es mi trabajo. Solamente he cumplido con mis obligaciones".

No me acuerdo bien, pero me parece que Morillo comenzó con la catedral de Notre Dame y que le llevó dos noches terminar de poner en orden las torres, la gran nave, las imágenes de los apóstoles, los vitrales, los turistas, los grifos y los monstruos que la cuidan, pero su mayor problema fue dónde colocarla. Obviamente, tenía que estar en el corazón de la ciudad y mirar al Sena por sus dos costados, pero ello significaba ponerla sobre una isla y no podía decidir entre la Ile de la Cité y la de Saint Louis. Al final, creo que tiró una moneda al aire, y se quedó con la primera.

Serio y formal como todo intelectual comprometido, diseñó un plan de trabajo y lo colocó en un pizarrín frente a su vieja pero veloz máquina Remington que lo ayudaría a desarrollar los objetivos propuestos. Después de la gran catedral, pasaría al boceto de los edificios y los museos, el invento de los jardines y los cafés, la creación de los restaurantes y los amantes, el esbozo de los pintores y las aves, la descripción de policías y los urinarios públicos, y por fin, el mapa de los hoteles y las estaciones del tren que debía de correr bajo la gran urbe.

Para evitar que todo eso se fuera al caos y al descalabro, se le ocurrió dividir "El Plan" en nueve paseos, a saber: 1) de Orsay a St. Germain; 2) del Arco del Triunfo al Louvre; 3) de la Tour Eiffel al Puente del Alma; 4) Montmartre; 5) Montparnasse; 6) el Faubourg St–Honoré; 7) los Grand Boulevards; 8) las islas y el Barrio Latino; 9) el Marais y la Bastille... Me parece que el trabajo completo le tomó un poco más de tres meses y le significó una paga nada despreciable para un estudiante universitario de aquella época, aunque algo desproporcionada con la magnitud de la empresa, trescientos cincuenta dólares y varias opíparas cenas en un chifa trujillano.

Este pago era solamente una pequeña parte de lo que el –llamémoslo– contratista de la obra había recibido por ejecutarla. Unos meses atrás, un periodista de la sección deportes del diario *Norte* apellidado Roca, había resultado premiado por una empresa europea que hacía trabajos en Salaverry, con un pasaje a la Ciudad Luz y una generosa bolsa de viaje. Eso sí, su obligación a la vuelta consistía en escribir una serie de artículos sobre la urbe que había conocido, publicarlos en su periódico y entregarlos a sus benefactores para componer un libro.

Todo anduvo de manera excelente: el vuelo de Lima hasta Point a Pitre, el cruce del Atlántico, y al final Orly y la obligada visita al Museo del Louvre durante el primer día, pero después el esperable inesperado encuentro con una joven francesa que lo libró de las garras de sus guías implacables y le hizo conocer las oscuridades y las luces de una *chambre de bonne* en un *septieme etage* que junto al pequeño bistrot de la esquina serían su único panorama durante cinco semanas. *Tout le rest...* tendría que ser imaginación, literatura.

Pero Roca no era precisamente la roca sobre la cual se edifican iglesias eternas ni aquella que cincela el artífice para crear una obra de arte. Servía sí para presenciar partidos de fútbol y enfrentar a los árbitros con su mirada de roca, pero para la literatura, era también una roca, una pared, y me parece incluso que se apellidaba Roca Paredes. Aunque la verdad es que tampoco era una roca dura de roer porque tuvo la idea extraordinaria de compartir sus dólares con Morillo y encargarle a aquel la redacción del libro lo cual, si nos imaginamos que ni siquiera se contaba con una guía turística, constituía efectivamente una invención de París.

Juan Morillo Ganoza fue por eso el primer escritor comprometido que conocí; y tiempo más tarde, en las discusiones sobre arte puro o arte comprometido, cuando le oí mencionar las Conclusiones del Foro de Yenán y sostener que el artista tenía un encargo, creí entender rápidamente a qué clase de encargo aludía.

Varias y bastante inusuales fueron las fuentes que Juan usó para elaborar París. No me acuerdo si la "descripción de París a vuelo de pájaro" se encuentra en *El hombre que ríe* o en *El jorobado de Notre Dame*, pero una de las dos novelas se constituyó en la primera piedra, o la roca, sobre la cual habría de volver a edificar la ciudad que los galos conocieron con el nombre de Lutecia. Es de notar que la obra en referencia se escribió antes de que el barón Haussmann remodelara la urbe y por eso, en el París de Morillo hay todavía callejuelas y arrabales que conoció Víctor Hugo, pero que no llegó a ver Brigitte Bardot.

Su prodigiosa imaginación habría de suplir con creces cualquier carencia. En un sueño que tuvo entonces, vio a nuestro querido amigo Teodoro Rivero–Ayllón bebiendo ajenjo con Pierre Loti y varios poetas malditos; entonces Juan, hablando sobre costumbres locales, escribió que aquella era la bebida cotidiana de los franceses. Un valse limeño le sirvió para completar el retrato:

"En Francia hay un París/ y en él se rinde culto al Dios/ Amor./ ...Esa es la tierra del placer/ donde reina la mujer/ con todo su esplendor./ En un café/ en un salón/ cuando se oyen las notas de un vals.../ al parisién/ allí se le ve/ seguir el ritmo/ con voluptuosidad".

Después, sus amigos seríamos las víctimas de sus extrañas preguntas: "¿Qué te parece que debería ir encima de la Tour Eiffel? ¿Crees que se podría construir algo sobre sus estructuras?", me interrogó en cierta ocasión, y mi flaquísima fantasía me impidió colaborar. Esa debe ser la razón por la cual la famosa torre es como es hoy, solamente acero y formas piramidales, y da la impresión como que le faltara algo.

Una década después y durante varios años, yo viviría en París, en la rue Georges Mandel, que comienza en la plaza Trocadero, y sería vecino de Edith Piaf y de Catherine Deneuve, con quien a veces me encontraba a la hora de comprar el pan, pero siempre me asaltó un temor extraño. Ni la plaza ni mi calle existían en el París de Juan Morillo, y ello podía significar mi propia inexistencia o la falta absoluta de una razón de ser.

Elqui Burgos, Alfredo Pita y Rodolfo Hinostroza, quizás en vez de ser los excelentes autores que son, tan sólo provienen de mi fantasía porque el París morillesco borró del mapa a la Gare de Saint Lazare donde aquellos habitaban, y mi amiga española Marisa Nuño se convirtió en solamente una ilusión cuando se mudó de Amiens, donde residía, a una casa próxima al museo Rodin que, en el famoso libro trujillano, ha sido descartado y sustituido por L'Hermitage que yo siempre había supuesto en San Petersburgo. Para dejar a salvo la honorabilidad de Morillo, hay que aclarar que ese enroque de museos se debe a una corrección final hecha por Roca.

En Estados Unidos se llama *ghost writer*, o sea escritor fantasma, al que escribe por encargo de otro, lo cual es un trabajo completamente legal y con cierta prestancia, pero casos como el que recuerdo –la invención de una ciudad– no se dan todos los días. Además, al elegir un lugar donde pasar mis vacaciones, París me intimida cuando pienso que un escritor podría borrarlo durante mi permanencia, aunque eso también podría ocurrir con otras ciudades que amo y en donde he vivido como Trujillo, San Francisco y Madrid, y debe ser por ello que un intercambio de bromas con uno de mis mejores amigos oculta la espaciosa tristeza de no estar esta tarde en alguna de ellas.

Vivo en el estado de Oregon, en el lejano Oeste, sobre cuya existencia real la gente tiene algunas dudas de la misma forma como se vacila en creer por completo si el tiempo de la adolescencia es una verdad o una invención, y justamente eso me hace recordar que, allá por los 60, vimos una película de vaqueros con John Wayne. "Un día te vas a dar cuenta de que todo esto es solamente una ilusión...", comenzó a decir Juan a la salida del cine. Después de eso, no me acuerdo de nada.

Las nubes y la gente

Me ocurre todo el tiempo. Basta que suba a un avión para que una historia se acerque hasta mí y me ruegue que la cuente. Una historia es un personaje, y un personaje en este caso es un pasajero que estará sentado a mi lado, y que, luego de hacer algunos comentarios sobre el tiempo, se presentará y me contará el motivo de su viaje o el drama de su vida: "Oiga usted, señor, mi vida es un calvario desde que la mujer amada dijo simplemente que no", y escucharé un estrépito de calabazas todo el tiempo durante las seis primeras horas de mi viaje a los Estados Unidos. Y entre calabazas terminará el sueño de gozar de un reparador sueño durante toda esa etapa.

La última vez que viajé ocurrió exactamente lo mismo. A mi costado, al lado de la ventanilla, un caballero de más o menos sesenta años me saludó con una inclinación de cabeza, y luego se volvió para observar las nubes que se nos cruzaban durante más o menos una media hora. ¡Qué alegría! Eso me hizo pensar que, por fin, me había topado con un tipo silencioso, capaz de guardar sus secretos para sí mismo y permitir que su vecino se tomara una siesta, de manera que extendí la silla hasta el máximo y traté de ponerme un antifaz oscuro. Casi pensé en agradecerle por ser tan hermético, pero me estaba apresurando.

Pasada la primera media hora, el señor tiró la persiana de la ventanilla y volteó hacia mí para mirarme. Dos lágrimas le bajaban por la cara. ¡Oh, no! La triste historia estaba a punto de ser revelada. Hice el ademán de mirar hacia otro lado para no invadir su privacidad, pero ya estaba él entrando en la mía.

¿Cree usted que ya estamos pasando la frontera de la patria? ¿Piensa usted en volver al país alguna vez? ¿Sabe usted lo que es despedirse para no retornar? ¿Le gusta escuchar al dúo Pimpinela?

Fingí estar sordo para no responder a ninguna de estas preguntas porque ya sé que la gente las hace, no para escucharnos, sino para que oigamos sus propias respuestas. Pero el hombre parecía determinado a convertirse en mi personaje, y, a pesar de que mis ojos estaban fijos en el espacio como los de un filósofo o los de un edecán, continuó su discurso imperturbable y comenzó a decir que sí, que ya cruzábamos la línea demarcatoria de frontera y que él no la volvería jamás a cruzar de vuelta.

Mientras tanto, yo pretendía cerrar los ojos y dormir, pero la curiosidad pudo más que mi cansancio. Cuando se acercó la camarera a nuestro asiento, le pedí un par de vasos de whisky y le extendí uno a mi vecino:

–Está bien. Usted gana. Voy a escucharlo. Dígame lo que quiere contarme.

La historia comenzaba hace cuatro años en Lima. Un joven abogado sin estudio y su esposa conversaban sobre sus problemas económicos y la posibilidad de que un viaje a Estados Unidos les abriera nuevos rumbos.

–¿Qué te parece si yo viajo primero? –dijo ella–. Me han dicho que para una mujer es más fácil encontrar trabajo cuidando bebes o sacando a pasear ancianos. Me voy, permanezco unos seis meses, me abro camino y tu vienes después. ¿Qué te parece?

A él la idea le pareció excelente.

–Cuando llegues a Nueva York, te puedes quedar en la casa de mi tío, el hermano de mi padre, que vive allí desde hace veinticinco años. Él y su esposa no tendrán inconvenientes en recibirte porque siempre me han estado invitando.

La joven esposa –llamémosla Juanita– parte hacia la Gran Manzana, y todo comienza a suceder como lo había pensado. Es recibida con gran simpatía y, antes del fin de semana, ha conseguido un carné falso del Seguro Social por sólo ochenta dólares. Unos días más tarde cuida a los bebes de una pareja simpática y muy acomodada que le paga en efectivo para que no tenga problemas con la entidad tributaria.

–Me pagan casi dos mil dólares y no necesito hacer ningún gasto. ¡Dos mil dólares, Jorgito! Si las cosas siguen así, tú vas a poder venir antes de lo que habíamos pensado –cuenta Juanita que llama por teléfono a Jorgito una vez por semana.

Y agrega:

—Tan sólo hay un problema. La esposa de tu tío se ha ido de la casa y ha pedido el divorcio. ¡Pobrecito! Este fin de semana lo voy a invitar a una peña de latinos para que se divierta. Voy a tratar de divertirlo un poco. ¿No te parece, Jorgito?

A Jorgito, eso le parece muy bien. Pero al segundo mes, algo raro comienza a ocurrir. Las llamadas escasean y ya no llegan a Lima esas preciosas tarjetas que ella antes le mandaba: *I miss you. I miss you, honey!*

El tercer mes no hay llamadas, y Jorge tiene que hacer una, a pesar de las tarifas de la Telefónica. No encuentra a nadie, y deja un mensaje grabado, pero nadie le devuelve la llamada. Lo intenta varias veces, hasta que un día, a una hora inusitada, ella levanta el fono. La explicación es sencilla:

—¡Cómo piensas que te voy a olvidar, *honey!* Lo que ocurre es que perdí la agenda y allí estaban nuestra dirección y nuestro número de teléfono. Y ahora te tengo que colgar porque tu tío me está esperando en la puerta para ir al cine. ¡Pobrecito! ¡Está tan triste!

Jorge cuelga pensando que el trabajo excesivo está haciendo que su sacrificada esposa se vuelva un poco amnésica. Pero el tiempo pasa. Juanita y el tío cambian de dirección y de número telefónico, y se suspende toda comunicación con Lima. Supongo que al cabo de dos años, el marido entiende.

Después de ese tiempo, el tío, que ya es pareja de Juanita, hace un viaje a Lima y, sin quererlo, se encuentra con Jorgito en una fiesta familiar. Sin embargo, la temida confrontación resulta muy agradable.

–Qué ocurrencia, tío. Por supuesto que comprendo. Salúdela de mi parte, y si ustedes quieren arreglar su situación, yo no hago problema. Dígale a Juanita que me mande un poder, o viaje a Lima, para hacer los papeles del divorcio.

Cuando la historia llega a este punto, el hombre vuelve a abrir las persianas y la ventanilla nos deja ver un cielo espléndido, colmado de nubes blancas, rojas y amarillas. Las nubes son como la gente. Están ávidas de contar historias. Caminan silenciosas por el firmamento y nos dicen que vivir es ver pasar. Dibujan rostros amados en el azul perpetuo. Se van después con nuestros sueños y con nuestra esperanza, con nuestros menudos dramas y con nuestra pregunta eterna sobre el sentido de todo esto. Son como nosotros, inestables, pero también son eternas. Se van al país de Nunca Jamás y nos dejan sin amparo y sin historias.

Sin historias, no. El caballero sigue relatando la suya. "Me impresionó Jorgito. ¡Qué inteligente es ese muchacho y qué moderno! Creo que le viene de familia. Tal vez sea bueno que viajes a Lima, y arregles lo del divorcio. Hazlo, Juanita, yo te estaré esperando".

Y Juanita hace el viaje. Al día siguiente, ya le está telefoneando:

–Tienes razón. Me ha entendido completamente y el lunes vamos a presentar la demanda de divorcio. Pero este fin de semana, vamos a irnos a Chaclacayo para ponernos de acuerdo sobre la propiedad de la casa y quién va a quedarse con el perro. Te llamaré para decirte cuándo viajo de regreso. Para que me recibas, *honey*.

–La verdad es que no sé qué es lo que pasó después de eso. Pasaron dos semanas, y como Juanita no me llamaba, pensé que no habían llegado a ponerse de acuerdo.

Pero sí se habían puesto de acuerdo, y se quedaron a vivir en Chaclacayo. Y recién lo comprobó el tío esta semana después de un viaje relámpago al Perú de donde está regresando a los Estados Unidos. Entonces, le ofrezco otro whisky para evitarme el espectáculo que ofrece un hombre maduro llorando. Y me doy cuenta de que las historias me persiguen, y de que no voy a poder huir jamás de mis personajes. El avión se mete en una nube gigantesca como aquella en la que vivimos todos, rodeados por historias.

Tango

Estoy casi seguro de que conocí a Álvaro Cardoso en un viejo almacén de la calle Colón, en Buenos Aires, pero la memoria me puede traicionar de modo que prefiero omitir fechas exactas o referencias tajantes. Además, temo recibir una carta suya desautorizando mi recuerdo o dándome una cita para aclarar situaciones de hombre a hombre porque debo confesar que, desde el primer momento, el tipo me pareció un malevo o un atravesado.

Se hacía llamar Álvaro Cardoso, pero no se llamaba así exactamente. Creo que Cargoso era su verdadero apellido y, a pesar de ser homónimo de un excelente escritor brasileño, no era brasileño sino peruano, y no quería ser ni lo uno ni lo otro sino argentino. Debo aclarar que, en mi generación, todos los amigos que escribían obras de teatro querían ser argentinos y, de rato en rato, hablaban en un lunfardo que habían leído en Borges, o escuchado a Porcel.

Cardoso no. Para que su aprendizaje del alma argentina fuera completo, había viajado en tren a Buenos Aires, caminaba sin mover el brazo derecho como si escondiera un puñal rencoroso bajo la correa, bebía hierba mate a borbotones, usaba un sombrero inclinado a lo Gardel, sollozaba escuchando milongas y vivía un amor sistemáticamente apasionado. Además, erraba inconsolable por Palermo y acudía a citas con intelectuales en un café entre Viamonte y Florida, y al final de la tarde, tan solitario y desgraciado como Martín Fierro, se refugiaba en un viejo almacén de la calle Colón donde van los que tienen perdida la fe.

Ese no era mi caso. Si se me permite una confesión personal adicional, todavía yo no había perdido la fe cuando llegué al viejo almacén. En realidad, me hallaba en Buenos Aires para la presentación de mi libro *Batalla de Felipe* que había publicado la editorial Losada, y deambulaba como turista por las calles de la gran ciudad. Creo que entré al viejo almacén, por casualidad o por error, acaso preguntando por chompas de cachemira, y me encontré con el malevo quien, extrañamente en esta clase de espíritus, me sonrió y me invitó a su mesa.

–Lo conocí a usted en el Perú –me dijo. Añadió–: En esa época, creo que me hacía llamar Jorge Herrera, o algo así. Los seudónimos son obligatorios, usted sabe, entre la gente que se dedica al teatro o que tiene cuentas con la justicia. Pero, ahora usted debe llamarme Álvaro Cardoso. Espero que usted me reconozca como Álvaro Cardoso y me acepte un trago de manzanilla.

Me di cuenta de que no tenía alternativa y que debía de postergar para otro día mis compras de souvenirs, y mientras paladeábamos el trago, Álvaro, como es obligatorio en estas historias, bajó aun más el ala del chambergo, para confiarme que el nombre de la mujer amada era Milagros de Diego y que era una actriz de teatro de ascendencia gallega. Ambos se habían conocido en Trujillo, Perú, donde ella daba clases de teatro y él escribía obras de cierta consistencia dramática.

En esos momentos, ella estaba de vacaciones en su tierra natal, y él la había acompañado para conocer a quienes podían ser algún día sus suegros. "Gente buena, sabe usted. Al viejo le caí simpático de inmediato, y bebimos mucho vino. En medio de los tragos, me dijo que estaba encantado de que la piba hubiera conocido a un hombre como yo. ¿Y sabe usted lo que me dijo? Me dijo: *Che, la piba es algo difícil, pero es buena. Che, queréla, que la piba es buena*".

Eso ocurrió en los años setenta. Con Álvaro, o tal vez Jorge, Cardoso, me volví a ver anoche en una parrillería de Miami. Tenía que ser él aunque se hubiera quitado ya la prescindible barba que lo acompañaba en sus tiempos de bohemio, y su alma estuviera más a gusto dentro de un abundante cuerpo de argentino apasionado de los bifes. También él me reconoció, y vino hasta mi mesa para saludarme.

El restaurante se llamaba Che, Queréla, y don Juan Carlos, el dueño, era nada menos que el amigo Cardoso metido dentro de un nuevo nombre, o quizás de una diferente encarnación. Frente a un enorme póster de Gardel, asomaba una pianola. Los mozos, dos morenos procedentes de La Habana –"chico, de La Habana"–, estaban vestidos de gauchos y de rato en rato hablaban en lunfardo.

Tuve que aceptarlo a mi mesa y aceptar su tarjeta de visita "Juan Carlos Cardoso – Restaurante Che, Queréla". No tuve por qué preguntarle el motivo del cambio de nombre toda vez que la mayoría de los argentinos se llaman así. "Me hice ciudadano argentino, ¿sabe?... pero el teatro no daba para vivir. Desde hace una década vivo en Miami y, mal que bien, el negocio da para algo". Me lo dijo gesticulando con la mano derecha con todos los dedos recogidos.

Está claro que me persiguen las historias, y esta no fue la excepción. Cuando intentaba despedirme, luego de terminada la botella de vino, tuve la mala ocurrencia de preguntarle por doña Milagros... ¿Había continuado ella su prometedora carrera en las tablas? ¿Se habían casado en Buenos Aires? ¿Cuántos hijos tenían?

Reconozco que fue una idea pésima. El ahora corpulento exdramaturgo se comenzó a hacer pequeño y cada vez más pequeño. Gruesas lágrimas le asomaron y dos botellas de un excelente Rioja aparecieron para acompañar la confidencia que ya fluía.

El idilio se había truncado en el Perú, un año después de volver de Buenos Aires. "Ella continuó enseñando teatro en Trujillo mientras yo trabajaba en un colegio del interior, y la veía durante los fines de semana". En una de sus visitas, notó que la piba estaba un poco cambiada:

"Che, Álvaro, vos me habías dicho que los gringos del Cuerpo de Paz eran agentes de la CIA, pero creo que andás equivocado. Che, Álvaro, no todos los gringos son malos".

Y semanas más tarde:

"Che, Álvaro, creo que se está produciendo entre nosotros una crisis de pareja, un conflicto, y... a lo mejor... si nos viéramos, mejor, dentro de un año...".

"Me la birló un gringo, ¿sabe?... Un tal Bill".

Como todos los gringos llamados Bill, este medía dos metros, y era muy simpático. Sobre todo, a él no le gustaban los conflictos. Simpáticamente conquistó a la piba y tiempo después se casó con ella. Por su parte, y también tiempo después, el despechado Álvaro viajó a Buenos Aires para dedicarse por entero al teatro y convertir su desgarradora historia en algún drama extraordinario, pero nunca llegó a terminarlo y, más bien, otro tiempo después, se dedicó a la compra–venta de carnes y al negocio de la parrilla que habría de terminar por traerlo a los Estados Unidos.

Anoche, mientras los camareros limpiaban las últimas mesas y volvían a ser cubanos, Juan Carlos no tenía cuándo terminar su historia:

"Esa misma noche se presentó en mi casa el tal Bill. Me dijo que Milagros le había hablado mucho de mí, que no había motivo para estar enojados y que estaba loco por ser amigo mío. Traía consigo dos argumentos irresistibles: un disco de Carlos Gardel y dos botella de whisky. Tomamos hasta muy tarde. Me cayó simpático el gringo, aunque quizás fuera agente de la CIA. En medio de los tragos, le dije que estaba encantado de que la piba hubiera conocido un espía como él. Y, ¿sabe usted lo que le dije? Le dije: *Che, la piba es algo difícil, pero es buena. Che, queréla, que la piba es buena*".

Los sueños de América

Cuando me di cuenta de que el viejo Patrick había preparado personalmente las tarjetas de invitación para su funeral, no dudé en asistir porque sabía que se había pasado los últimos diez años cuidando los mínimos detalles del gran acontecimiento, y porque además nunca me ha parecido dable desairar a un difunto.

Se notaba que las esquelas tenían varios años de impresas, pero los nombres de los invitados habían sido escritos hacía poco con esa caligrafía tan primorosa, tan suya y tan propia de las personas que aprendieron a escribir a comienzos del siglo. En mi esquela, debajo de la letra impresa, había añadido de su puño y letra: "Estoy seguro de que vendrás a San Francisco. No vas a poder con tu curiosidad, Eddy".

Y no se equivocaba porque su personalidad siempre había sido para mí un misterio insoluble que no sé si alguna vez descifraré, y ese misterio que a él le encantaba cultivar, me había hecho suponerlo, unas veces, agente de la CIA y otras, miembro de la KGB, aunque también lo había creído terrorista irlandés o tal vez científico ruso pasado al enemigo y obligado a usar una identidad diferente. Con el tiempo, fui desechando una a una todas esas posibilidades, pero nunca pude saber en qué punto de sus relatos se terminaba la verdad y comenzaba la fábula.

El Patrick que conocí a fines de los años ochenta era o aparentaba ser un comunista gringo, ochentón, que cultivaba el recuerdo de haber combatido contra el fascismo en las brigadas internacionales durante la guerra civil española y nos lo narraba en historias cuyas fechas y personajes cambiaban sospechosamente en cada versión. Tal vez ya se acercaba a los noventa, pero el viejo no parecía hecho para la muerte porque, cuando aquella viniera a llevárselo, tendría que cargar el peso excesivo de sus muchas, vehementes y vastas ilusiones.

A la salida de un café de Berkeley, que ambos frecuentábamos, un día le había escuchado silbar *La Internacional*, y al principio se me antojó que, a pesar de su edad, era un hombre de la CIA en busca de incautos que silbaran la estrofa final y le preguntaran: "¿Qué hace usted por acá, camarada?".

"¿Qué hace usted por acá, camarada?", fue él quien me lo dijo en perfecto castellano y eso me infundió la seguridad de que me hallaba ante un bien entrenado agente encargado de cazar comunistas extranjeros en la levantisca y sospechosa universidad californiana. Aquel año, eso era aún posible porque todavía no había caído el muro de Berlín, y la guerra fría no estaba oficialmente terminada.

"Vamos, hombre. En este caso, la palabra 'camarada' no tiene connotación política. Si usted no es comunista, no se preocupe porque algún día va a serlo, pero mientras tanto podemos ser amigos".

Decidí seguirle la corriente, aunque no comprendía qué interés podía tener el servicio secreto de la nación más poderosa del mundo en un profesor universitario cuyo pasado era fácil de conocer sin tener que recurrir a los sofisticados medios del espionaje moderno.

Y sin embargo, a pesar de mis reticencias, varias horas más tarde, no parábamos de conversar en un café de la calle Telegraph, a la vera del campus. Hablaba Patrick de su tema favorito, la guerra de España, y en su animada descripción, la batalla de Teruel no terminaba, al Puente de los Franceses no lo pasaba nadie, los moros llevados por Franco se ahogaban en el mar, en los puentes se hundían las banderas italianas y a la Virgen del Pilar la querían hacer fascista, pero ella decía ser militante comunista. Y Patrick, héroe supuesto en la historia que relataba, salía ileso en todas las batallas, pedía un vaso de vino y palmoteaba sobre la mesa que mare, mare, mare, vaya usted cantando.

Creo que en ese momento, se me borró la sospecha de que el gringo fuera un agente de la CIA, pero nunca terminé de creer la historia de que hubiera peleado en España. De todas formas, justifiqué su mentira pensando que en la lejanía y en la soledad, los hombres se inventan pasados que terminan por ser tan verídicos y tan suyos como los propios hechos reales. Además, agente secreto o voluntario de las brigadas Lincoln, no importaba quién fuera o dónde hubiera estado, el viejo Patrick me ofrecía una amistad fascinante que acepté desde ese primer momento, y unas semanas más tarde era obligado asistente de la tertulia que él congregaba en el café de los beatniks, entre la avenida Columbus y la calle Jack Kerouac de San Francisco.

Los más asiduos eran un cubano anticastrista, un sacerdote católico colombiano, una gringuita feminista, un espiritista argentino y un lingüista brasileño propagandista del esperanto. La cita era los jueves y, aunque a veces me parecía que todos nos mirábamos con cierto recelo, era obvio que nos reuníamos debido a la irresistible simpatía del gringo Patrick.

Por eso, anoche, cuando el avión planeaba ya en descenso sobre San Francisco, me sentía muy feliz de ver de nuevo a quienes no había saludado en siete años desde que me ausenté de California, y estaba completamente seguro de que ahora sí descubriría la auténtica identidad de Patrick. Al salir del túnel que une al avión con el aeropuerto, me encontré con Santiago, el cubano, que estaba allí vestido como un dandy tropical del siglo diecinueve. Aunque el chaleco no le entraba, todo él parecía sacado de un daguerrotipo, y me hizo pensar que el mismo José Martí, aunque un poco más viejo y más gordo, había ido a recibirme.

Por supuesto, Patrick no se llamaba Patrick, y Santiago no es necesariamente Santiago, pero los estoy mencionando así por respeto a su voluntad de ser secretos y de acaso realizar tareas clandestinas, o de ser fantasiosos y de vivir la maravilla de sus propios sueños. El gringo era el mayor de los dos, tal vez por diez o quince años; era el viejo. Por su raíz hispana y sus gestos solemnes, Santiago era el antiguo.

"Imagino cómo te sientes". Santiago me puso el brazo sobre el hombro y me condujo hasta su carro, y mientras avanzábamos hacia la ciudad, su conversación mezcló todo el tiempo los avances arquitectónicos del área de la bahía con los últimos momentos de nuestro amigo:

"El médico se lo dijo hace un mes, y desde entonces no ha parado de hacer los preparativos: las esquelas, la música de fondo, el orden de oradores en el cementerio… Incluso le ha pedido a América que venga de Madrid al sepelio, y ella ha aceptado. Y, a pesar de su edad, va a venir sola. Sabes, por supuesto, quién es América, ¿no es cierto?".

Claro que yo lo sabía, pero no pude responder que no creía en su existencia. Durante los años de nuestra amistad, Patrick solía rematar sus historias de la guerra de España con el nombre de una muchacha de la Alcarria, el pelo color azabache y los labios tan rojos como el infierno, que lo había acompañado en las andanzas de la guerra, hasta el día funesto en que las brigadas internacionales tuvieron que marcharse de España. Por amor a él, había cambiado su nombre que era Marisa por el de América, y ese era el seudónimo que utilizaría en la lucha clandestina contra los nazis en la Francia ocupada. Llegada la paz, se escribieron algunas cartas. No se verían más en esta vida.

La verdad es que América me parecía un artificio literario en las supuestas historias españolas de Patrick, o una muestra de su adicción por la literatura de Hemingway. Claro que si ella aparecía en los funerales, su presencia habría de confirmar todas las fantasías del viejo bolchevique, pero ese hecho yo lo consideraba tan remoto como la insurrección de los proletarios que mi amigo no se había cansado jamás de profetizar.

"Si todavía no eres comunista, no te preocupes", me repetía, "algún día tendrás que serlo". Y ello, según el gringo, acontecería, cuando las brigadas rojas, dueñas del poder en los Estados Unidos, comenzaran a llamar a todas las "personas honestas, incluidos los intelectuales pequeño–burgueses como tú porque vamos a necesitarlos a todos ustedes para transformar este país".

En la futura administración socialista, a todos nos había ofrecido puestos que acogíamos en silencio como para no espantar sus sueños. Tan sólo el sacerdote colombiano declinó irrevocablemente la dignidad de vicario de la futura Iglesia Popular de San Francisco, pero creo que todos, incluido el cubano, fingíamos por embeleso ante las historias de Patrick o por respeto al envejecer de un hombre en quien no envejecían las ilusiones.

Por mi parte, yo aparentaba aceptar el futuro cargo de Comisario de Cultura de California para que el viejo no se sintiera desdeñado, pero de vez en cuando le ponía problemas políticos para hacerlo volver a la realidad, como cuando le dije que la

Norteamérica Roja que él anunciaba tal vez iba a ser una nación muy solitaria, toda vez que la Unión Soviética de Gorbachov ya estaba dando los pasos de regreso al capitalismo.

"Gorbachov es el más grande revolucionario de este siglo", me respondió, "además, la *perestroika* y el *glasnost* son maniobras para que los capitalistas no sospechen que es su propio sistema el que se está hundiendo".

La noche de la caída del Muro encontré al viejo sentado en la sala de su casa, frente a la televisión, arrellanado en un sillón de donde no se había movido en veinticuatro horas, y pensé que se iba a morir de pena, pero no hizo un gesto mientras, allá en la pantalla, la multitud brindaba con cerveza por la unificación de Alemania y la destrucción del comunismo. Una hora lo vi así, sin atreverme a pedirle una opinión porque presentí que lloraba, y así era. Estaba llorando y volteó hacia mí con los ojos brillantes como los de quien está viendo el fin del mundo:

"¡Cómo los hemos engañado!... Ahora vamos a juntar a las dos Alemanias en un solo puño".

Y poco tiempo después, cuando fueron cayendo los regímenes de Checoslovaquia, Bulgaria y la propia URSS, Patrick no hizo comentario alguno, pero el día de Navidad en que morían ejecutados los esposos Ceaucescu, dejó caer la frase que había estado preparando todo el tiempo:

"Señores: el socialismo ha caído. Ahora comienza el comunismo".

"Te recordaba todo el tiempo y el mismo día en que el doctor le dio la noticia de que se iba a morir, apenas comenzó a escribir las esquelas, créeme, el primer invitado en quien pensó fuiste tú. El siempre decía que tú escribirías la verdadera historia de nosotros. Decía que esa era tu misión, y lo es".

"Pero, ¿qué te parece este nuevo puente? Tú no lo habías dejado... El progreso no tiene cuándo detenerse en este país. En cambio, en mi pobre Cuba... Tú sabrás ya las últimas noticias, por supuesto. ¿Oíste?".

Metido dentro de un terno negro, con levita, bastón y una rosa blanca en el ojal, Santiago no se parecía demasiado al contertulio de antes. Él y Patrick vestían todo el tiempo ardorosas ropas de batalla. A las botas, los pantalones comando o blue jean se añadía, en los dos casos, una vieja casaca que evocaba un cierto pasado militar, aunque el cubano había sido un melancólico notario de La Habana y había llegado a los Estados Unidos, con su esposa y sus dos hijos, en forma pacífica durante las primeras olas de la emigración.

La relación excelente entre los dos ancianos era también difícil de entender puesto que ambos sustentaban opuestos puntos de vista. Sin embargo, cuando los veía juntos, parecían desmentir el axioma de que los caminos paralelos nunca llegan a juntarse.

"Ahora hay dos caminos paralelos para llegar hasta la ciudad. Vamos a tomar el más lento, pero es también el que mejor paisaje ofrece".

Mientras iba manejando por la autopista camino a la gran urbe, los gestos del cubano me hicieron recordar la única vez que llegó tarde a la tertulia y se encontró con la mirada reprobatoria del gringo que no admitía inexactitudes y que había impuesto una suerte de disciplina de partido a lo que supuestamente era una tertulia de café.

"La noticia que les traigo es importante. Me he tardado porque he estado en contacto con las bases en la isla durante varias horas por la radio clandestina, pero tengo el honor de anunciarles que la tiranía cae. Es solamente cosa de días, tal vez semanas. No puedo decirles más. Ustedes comprenderán...".

Pero los días, las semanas y los meses pasaban, y Santiago nos explicaba que la invasión había tenido que postergarse para no agudizar las tensiones internacionales o acaso por mediación del Papa quien deseaba que todo se arreglase pacíficamente.

"Ese hombre es un santo. Hemos tenido que ceder ante una invocación suya. Pero nos hemos dado un plazo".

Una noche después de la tertulia, Santiago me invitó a su casa porque "tú sabes, chico, Caridad, mi esposa, te quiere como a un hijo", y allí en su sala, bajo un enorme cuadro de la Virgen de la Caridad del Cobre y luego de muchos mojitos, me rogó que le guardara un secreto:

"Sé que tú no compartes necesariamente mis puntos de vista, pero también sé que no eres un delator".

Y luego, mirándome con los ojos brillantes, había hablado quedo, tan quedo que tuvo que repetir varias veces el secreto: era el líder de La Rosa Blanca, una organización revolucionaria del exilio cubano y acababa de decidirse que cuando fuera llegado el gran momento, iba a reemplazar a Fidel Castro en el gobierno de la isla.

"Las bases me lo han pedido, y ya tenemos listo nuestro plan de gobierno desde hace varios años".

Las supuestas "bases" estaban dispersas por uno y otro lado de los Estados Unidos. Eran, probablemente, abuelos cariñosos y jubilados felices, pero celebraban periódicas reuniones en Miami para elaborar planes militares sobre la inminente invasión, y en una de esas reuniones se había designado al reemplazante. "Tuvieron que desechar a Arredondo porque ya está muy viejo. Fui elegido por aclamación".

Por la propia naturaleza de la noticia, no podía pedirle detalles y, además, me incomodaba ser el depositario de un secreto de esa trascendencia, de modo que traté de cambiar la conversación y le solicité que me diera noticias sobre sus dos hijos residentes en Miami:

"El trabajo, los negocios, el éxito, todo ha hecho que los muchachos olviden un poco la lucha contra la tiranía. Carlitos, el mayor, me ha llegado a insinuar que la insurrección y la política son cosa de generaciones pasadas, pero no va a pensar así todo el tiempo. Un día, él y su hermano cambiarán porque lo llevan en la sangre".

"Santiago lleva en la sangre su amor por el combate y es como sus ancestros, como todos los españoles que conocí en la guerra, y que peleaban hasta quedarse sin sombra", comentó Patrick cuando le pedí que me explicara su relación con una persona tan distante de sus ideas.

"Somos amigos porque ambos somos honestos y nos sabemos respetar, pero esto no es tan sólo amistad, también es una alianza estratégica. Cuando los comunistas lleguemos al poder en los Estados Unidos, queremos tener una buena relación con quien sea que esté en esos momentos gobernando Cuba".

En largos paseos por la bahía de San Francisco, los dos ancianos se habían hecho mutuas concesiones. Estaba convenido que La Rosa Blanca respetaría la vida de Fidel Castro, a quien solamente enviarían al exilio. Por el otro lado, los Estados Unidos Socialistas no intervendrían en los asuntos de la isla vecina, y ambas naciones podrían trabajar en algunos proyectos económicos conjuntos.

Santiago había estado insistiendo en el asunto de la libertad de ejercer un culto religioso, hasta que se convenció de que ese derecho estaría completamente asegurado. En secreto, me confió que Patrick era hijo de una irlandesa y que, aunque no profesaba un culto en particular, se llevaba de lo más bien con los católicos y solía llegar a las iglesias después de la misa, a la hora de la comunidad, para darse atracones de donuts que eran su manjar predilecto.

Lo que a mí más me fascinaba de estos amigos eran las asombrosas batallas de Patrick en

España y las conspiratorias andanzas de Santiago, pero acudía a la tertulia y permanecía en ella hasta el momento en que más allá de eso, se discutían los destinos del mundo. En una de esas ocasiones, Milón Cepeda, el lingüista brasileño nos invitó a brindar con champagne por el esperanto que tanto Patrick como Santiago habían aceptado incluir como idioma oficial de la futura Organización de Naciones Unidas.

El gringo nos había pedido sugerencias sobre el rostro que debería aparecer en el futuro billete de veinte dólares, el que más corre por las manos del pueblo norteamericano. "Tenemos que romper las tradiciones, y poner la foto de un hombre joven y popular, tal vez un artista de cine", dijo y los latinoamericanos nos quedamos callados para no tener injerencia en asuntos que no nos correspondían.

Pero una semana más tarde, nos hizo conocer su decisión: "Me parece que será Warren Beatty, por su papel en la película *Rojos*".

Fue entonces cuando empezó la polémica que pudo terminar con la vida de nuestra tertulia. Maureen Dolan, una socióloga feminista, se quejó amargamente de que, para tan trascendentales proyectos, únicamente se pensara en los hombres.

"Si estamos siguiendo el criterio de buscar estrellas del cine, creo que por su trayectoria progresista tiene que ser Jane Fonda".

La dama ofrecía clases de Estudios de Género en Berkeley y había sido autora de una propuesta para cambiar el nombre de esa ciudad. "Berkeley era blanco, y además, hombre. Mejor deberíamos llamarla Sister City".

Por fin, en lo que era una dura crítica de nuestra tertulia, dijo que a ella no le merecían mucho respeto "tertulias en las que no están presentes personas de color, y solamente hay gente de los dos sexos tradicionales".

Felizmente la sangre no llegó al río. Patrick transigió en que el asunto se discutiese cuando sus camaradas ya estuvieran en el poder, pero aseguró que nos tenía una sorpresa que también sería del agrado de Maureen.

Despacioso, abrió un cuaderno de dibujo en el que se hallaba el arte final de la futura estampilla de treinta y tres centavos, la más usada en el correo de los Estados Unidos. Era una bailarina a cuerpo entero. Tenía el pelo negro como el azabache y los labios rojos como el infierno. Un abanico se mecía en su mano. Quizás había estado bailando flamenco. Quizás había estado bailando toda la vida. "El baile es la expresión de la lucha de clases, y ella misma es la personificación del internacionalismo proletario. Es la belleza del tiempo futuro. Tiene el mismo nombre que muchos le dan a este país. Es la mujer revolucionaria. Es América".

"Los funerales son mañana, pero quiero que esta noche, o sea dentro de dos horas, pases por mi casa para tomar unos tragos", me dijo Santiago cuando ya me dejaba en el hotel.

"No habrá muchos. Será una reunión de *petit comité*, ¿entiendes?... Además, allí tendrás oportunidad de conocer a doña América que está alojada con nosotros, y ha hecho grandes migas con mi esposa".

Santiago había dado en el clavo. Deliberadamente, dejaba para el final el gran misterio y me obligaba a pasar las dos horas más ansiosas de mi vida. Si de veras existía doña América, entonces ciertamente Patrick era un héroe de la batalla de Teruel y había peleado al lado del comandante Lobo en las brigadas Lincoln. Todo e incluidos dentro de todo, el futuro de Estados Unidos y el de Cuba, la universalidad del esperanto y los acuerdos de los dos viejos asumían una nueva dimensión, acaso un cierto color de realidad.

Llegué antes de la hora y me encontré con los brazos abiertos de mis anfitriones, unas ramitas de hierbabuena sobre los mojitos servidos en la mesa de la sala y dos enormes álbumes de fotografías. "Te has perdido casi siete años", me dijo doña Caridad, "ahora vas a conocer a mis nietos y vas a ver en estas fotos las pillerías que hacen en Miami".

Por su parte, Santiago me explicó que su huésped española no tardaría en llegar puesto que había salido por la tarde a visitar a algunas amistades.

"¿Amistades? ¡Qué raro! Pensaba que ella nunca había estado aquí". Lo pensé, pero no sé si lo llegué a decir. Tal vez me contuve para no aguar la fiesta con alguna duda injustificada y, después de dos horas, cuando se abría la segunda botella de un ron nostálgico, la esperada hizo su aparición.

¡Increíble! Era la dama de la estampilla, la bailarina que emergía de una España del pasado y cuyo maquillaje hacía indescifrables sus presumibles ochentas. Doña América era más española de lo que las españolas suelen ser. "Quizás las españolas eran más españolas hace sesenta años", pensé y me costó trabajo levantarme para saludarla, no tanto por los mojitos como por sentir que me estaba metiendo dentro de un libro y que, desde ese momento, a excepción de mí que había pasado a ser una ficción, todo comenzaba a ser atrozmente real.

Sus enormes pendientes hacían un inquietante equilibrio mientras caminaba. Sus zapatos de bailarina se acercaron hacia mí. Me saludó condescendiente, pero con algún interés. "Usted es el escritor, el que va a escribir la historia. Patrick me había hablado mucho de usted". ¿En qué momento?, quise preguntar, pero no lo hice. "Me dijo que usted era toda una promesa para Brasil... quiero decir para el Perú". Se corrigió otra vez cuando me calificó de lingüista de nota y dramaturgo connotado, y de allí pasé a ser periodista de vanguardia y cronista de la revolución.

Me cayó simpática aunque me parecía haberla visto antes en cierta ilustración del libro de Washington Irving o en alguna versión hollywoodesca de *El Zorro*. Tal vez me parecía demasiado literaria con su pelo negro recogido de lado por una peineta y sus ojos en los que brillaba el fulgor de alguna vieja estrella negra. Por un buen rato, lo único visible de ella eran sus dedos en los que bailaba una docena de anillos y sus manos que no parecían haber estado quietas jamás. Quizás antes habían servido para agitar una pandereta, golpear dos castañuelas o sacudir un abanico. Ahora, no dejaban de balancear el vaso de whisky que había preferido en vez de los mojitos. No sé por qué me dije: "Aquí comienza la verdadera historia".

De las manos regresé a la peineta que era escandalosamente grande y real. Hasta entonces, solamente había visto peinetas en las descripciones de las españoles castizas y creía que tanto esas peinetas como esas españolas eran un invento de los gringos. Tal vez me detuve demasiado tiempo en la observación de la peineta:

"Se asombra usted de la negrura de mi pelo. Claro que ahora el tinte es la respuesta, pero en los buenos tiempos, cuando conocí al gringo, era del color del azabache".

Se me ocurrió pedirle que nos contara alguna anécdota de su trabajo insurreccional, o quizás de la vez en que el Gringo y ella habían entrado disfrazados en una prisión para rescatar a un líder catalán.

"Aquí comienza la verdadera historia", me dije cuando doña América empuñó otro vaso de whisky y entornó los ojos para recordar sus aventuras revolucionarias, pero de repente los dirigió hacia Santiago como si le pidiera permiso, o tal vez auxilio.

"No creo que sea el momento de que ella recuerde esas historias. El viaje desde Madrid, las emociones intensas, el ver al gringo otra vez pero muerto, la violencia de los recuerdos... No, la verdad, sugiero que hablemos de otras cosas", dijo el viejo cubano.

Entonces le llegó el turno a él mismo de contar cómo había huido de Cuba hacía casi cuarenta años. No, no había sido por el mar. ¡Qué va! Eso era fácil en comparación con las que había tenido que pasar. Primero, había tratado de dar un golpe de estado contra Fidel Castro, pero el golpe había fallado en el último momento por delación. Luego se había convertido en el hombre más perseguido de Cuba, y el que más disfraces había usado, hasta que por fin había subido a un avión oficial haciéndose pasar por el embajador ruso.

Me pareció un poco cambiada esa versión, pero supuse que tal vez Santiago había entrado y salido varias veces en secreto de la isla. Además, todos estábamos ya mareados, y los tragos nos hacían saber que el presente era más importante que los recuerdos aunque estos sean más densos, acaso más manipulables.

"Lo que es yo, voy a poner algo de flamenco. El difunto lo adoraba".

La mujer de la estampilla avanzó hacia el tocadiscos y colocó un disco compacto que llevaba en el bolso, y creí que solamente iba a escucharlo. Pero otra era su decisión. A mitad del camino de regreso hacia el sofá se detuvo. Luego se inmovilizó con la cabeza tendida hacia atrás y las palmas de las manos en alto. Cuando la música comenzó a salir en oleadas, la aguardó como un torero espera a la fiera, y ese fue el momento en que ella comenzó a ser de verdad ella, quizás a recuperar su cuerpo. Cuando hay música, una bailarina es la única persona de verdad, me dije y volví a pensar "aquí está comenzando la historia".

"Una bailarina es más que sangre y recuerdos. A veces es, solamente, ojos". Lo pensé cuando la mujer vieja vencía a la música y se convertía en un furioso movimiento de pies. "Una bailarina es la única persona de cuya existencia podemos estar completamente seguros", volví a pensar.

De una pieza de flamenco pasaba a otra al tiempo que nos explicaba la misteriosa historia de ese baile y reclamaba otro vaso. Ahora, ya era completamente ella como tal vez no lo había sido en su vida, y me dio la impresión de que su acento para hablar el castellano había variado. Estaba pasando del madrileño a un castellano con ritmo tropical, tal vez cubano.

"Ven acá, chico", me dijo cuando hubo terminado de recuperar su cuerpo, "¿tú sabes que el flamenco y las danzas cubanas tienen mucho en común?". Yo no sabía nada en esos momentos: tan sólo sabía buscarla en la danza cubana que ahora iniciaba y buscarle la sombra que por ratos se quedaba atrás, y recogérsela como le recogí la peineta una vez y luego el pañuelo rojo que llevaba sobre la cabeza como se supone que lo llevan las gitanas. Al final, se le cayó una pequeña agenda que contenía sus presumibles tarjetas de visita, y decidí quedarme con una de ellas. Me la guardé en el saco, y seguí presenciando la transformación de la dama revolucionaria en bailarina de flamenco, y luego de salsa y de merengue. Al final, ya no hablaba otra lengua que un castellano cubano y se comunicaba a gritos con Santiago como si se conocieran desde siempre.

La música me arrulla como lo hacía mi madre en mi infancia, y debe ser por eso que me comencé a quedar dormido. En mi sueño se alternaban Patrick, Santiago, América y dos negritas que cantaban: "Se acabó el jabón... ¡qué vamos a hacer!... Yo tengo un meneíto para lavar la ropa...". Después me pareció escuchar una discusión sobre honorarios profesionales: "En Cuba o aquí, un artista profesional debe ser bien remunerado", me pareció que decía doña América, pero las negritas no cesaban de interrumpir: "¡Yo tengo un meneíto para lavar la ropa...!".

"¡Duerme bien! No tienes por qué levantarte temprano porque el entierro será por la tarde", me diría después Santiago cuando un taxista fue a recogerme, y luego añadiría: "Pero tienes que estar bien porque tú tienes que escribir la verdadera historia. Esa es tu tarea".

Me puse a escribirla a la mañana siguiente antes de salir del hotel, pero cuando trataba de encontrar un papel en el que había apuntado algunas ideas, una tarjeta cayó al suelo. Era la de América, y decía: "María del Rosario: la dama cubana de la danza: Academia de flamenco y danzas cubanas". Seguía una dirección en Miami.

Tomé un taxi y me dirigí al cementerio donde comienza para mí la verdadera historia. El resto de este recuerdo no tiene palabras, sólo imágenes como suele ocurrir en los sueños. Me veo caminando por un hermoso camposanto de San Francisco. Veo a doña América, a Santiago y a mí mismo usando severos anteojos negros. A pesar de los anteojos, ella parece haber llorado toda la vida y algunos amigos la van sosteniendo. No recuerdo nada del propio funeral. En mi recuerdo, quizás en vez de ser cremado, Patrick se hace invisible. Después, veo al cubano dando un discurso que es seguido por Milón, posiblemente en esperanto.

Al final, Santiago quizás le dice al público que voy a hablar y que deben creerme y me guiña el ojo, y yo miro los ojos de doña América, y comienzo a decir algo que es probablemente la verdadera historia de todo este tiempo, mientras el milenio se acaba y posiblemente el sol ha desaparecido del universo y las cenizas de Patrick se van esparcidas por los vientos por todo lo redondo del mundo y lo que queda del tiempo.

Siete noches en California

La víspera de Corpus Christi, Leonor soñó que saltaba vallas perseguida por un toro de color dorado, y a la mañana siguiente se alegró mucho porque eso significaba que llegaría a cruzar la frontera de los Estados Unidos.

Por extraña casualidad, aquella noche, su marido tuvo el mismo sueño con la pequeña diferencia de que el toro era él, pero de todas maneras se sintió contento porque durante toda la noche no había cesado de escuchar los halagos de los espectadores sobre su regia planta, su lomo dorado y su gigante cornamenta.

Siete noches anduvo la pareja metida en esos extraños sueños compartidos, pero ninguno de los dos llegó a saber que los compartía porque hacía diez años que no se hablaban. Ese mismo tiempo hacía desde la primera vez que ella le había pedido el divorcio, pero Leonidas se había negado enfurecido a firmar los papeles del mutuo disenso debido, según le explicó, a sus profundas convicciones religiosas y al amor que profesaba por sus hijos, todo lo cual no había sido impedimento para encerrar a la madre y a la hija mayor con candado cada vez que él salía de viaje, ni para gritarle a Leonor que era una puta cuando insistía en el asunto del divorcio, ni para hipotecar la casa que era bien propio de la esposa, herencia de sus padres, previa falsificación de su firma, ni para andarle gritando que las mujeres decentes no trabajan y, sin embargo, haberse quedado con el dinero de la indemnización laboral cuando ella tuvo que renunciar, ni para mostrarla en público como su señora legítima, de angora, e irse por allí preciándose de ser hombre para otras regias concubinas y de que toda mujer temblaba frente a él porque Guadalajara es un llano, México es una laguna y me he de comer esa tuna aunque me espine la mano, ni para ser íntimo amigo de algunos amiguitos raros que decían fo a las mujeres, ni para caminar por allí diciendo en bares, burdeles y clubes sociales supuestamente exclusivos que casándose con ella le había hecho un favor porque los Montes de Oca le daban nobleza y flor de sangre a una García y le mejoraban la raza, aunque Leonor se pasara los tardes haciendo suyo un bolero en el que una mujer proclamaba que no quería ser ni princesa ni esclava, sino simplemente mujer.

 La mañana de Corpus no se hablaron pero no fue solamente porque nunca se hablaban, sino porque ella no estuvo por allí para compartir el compartido desayuno ni para entregarle su cuerpo dos horas antes, a las seis de la mañana, porque dio la casualidad de que una hora antes de antes se había escondido en uno de sus sueños y se había fugado, según algunos, en un tren de sueños y, según otros, en un ómnibus veloz y había llegado a tierras que, aunque el marido no lo supiera, estaban ya cerca de la frontera.

Aquella mañana, Leonidas se levantó algo tarde porque no había querido despertar del hermoso sueño en el cual él era un toro y la gente le gritaba "olé", "olé", y en tanto que él se complacía agradeciendo al público, su mujer también en sueños arribaba a Tijuana, la ciudad de la frontera y vencía el último escollo para llegar a los Estados Unidos. Cuando Leonor pisó tierra norteamericana, Leonidas abrió los ojos sonriente y feliz de haber soñado con personas que aplaudían extasiadas su traje de luces, y olé, olé.

"Olé, olé y olé", sintió Leonidas que un coro de ángeles le cantaba desde el cielo apenas comprobó la desaparición de Leonor, y a pesar de los halagos celestiales se sintió rabioso y se dijo que el niño de ambos no había resultado suficientemente efectivo para impedir una fuga largamente anunciada. Le enseñó a decir: "Mamita, si te alejas de papá yo me mato", pero aun a pesar de eso, ella tomó a la hija mayor y se había ido muy lejos y ya le llevaba varios centenares de kilómetros de carretera y muchos más de sueños. De todas maneras, Leonidas se echó sus sueños a la espalda, cargó su pistola Smith & Wesson, se puso en el bolsillo su partida de matrimonio y algunos fajos de billetes verdes y llenó con joyas un pequeño cofre. Los sueños le ayudarían a ubicarla, la partida de matrimonio le serviría para acreditar propiedad sobre la mujer que huía de él, los dólares estaban destinados a recompensar al policía que lo ayudara a capturar a su propiedad legítima, la cajita de joyas iba con él para decirle que sí, mi reina, ahora sí que todo va a ir bien entre nosotros y la pistola le vendría bien entre las manos para hacerle ver a todo el mundo que era mejor no vérselas con él a solas porque, como decía su fama, era hombre malo, malo y mal averiguado, de corazón colorado.

Las malas lenguas andan diciendo que, la víspera de salir a buscarla, Leonidas se emborrachó como los bravos y que de pura furia se puso a repartir balazos: disparó sobre el sauce porque había sido el único amigo y confidente de la pálida fugada, disparó sobre el perro porque no ladró en el instante en que aquella hacía las maletas, disparó hacia la luna por haberle metido ideas románticas, disparó hacia el costado del cielo donde navega la constelación de Escorpión porque allí suelen esconderse los amores prohibidos, disparó hacia la proa del universo porque como todos lo saben el universo viaja a la velocidad de la luz, y no termina de moverse, y así la bala viajaría luz tras luz y siglo tras de siglos hasta dar certeramente en el corazón de aquel que le estaba robando el corazón de su esposa legítima, si es que aquel existía, y dejó de disparar porque había que guardar balas para el tipo que la estuviera acompañando si es que había uno, se repitió, pero no, eso no era posible, porque en primer lugar, su esposa era una mujer decente y después de haberlo conocido a él como varón no habría podido encontrarle el sabor a otro y en segundo lugar, porque se había tocado muchas veces la frente sin que le aparecieran señas de que iba a nacerle allí un prodigio, y otra vez en primer lugar porque ella, con esos cuarentidós años a cuestas, no podría encontrar otro galán que la menopausia o los galanes de las novelas que escondía en la mesa de noche y que debería habérselas quemado, sí señor, pero una tarde tuvo la sensatez de revisarlas cuando ella estaba ausente y sólo encontró sonseras, la historia de un amor imposible que revive treinta años después cuando el marido de la protagonista muere, ja, para eso faltaba mucho, pero qué ganas iba a tener ella de uno de esos hombres de papel si tenía en frente al verdadero hombre y además lo había tenido diez años sin ver a nadie más interesante que él cuando él la llevó a vivir en la hacienda donde no había más hombres que esos indios marrones y el único blanco, alto, buen mozo y de buena familia, de los Montes de Oca, con ramas en México, Perú y España soy yo.

Pero qué ganas de hombre iba a tener ella si no había sabido ser hembra para el real hombre que la había guarecido tanto tiempo, y ya habían pasado diez años sin que ni siquiera un beso con los labios le hubiera correspondido, y peor en lo otro, si se echaba en la cama como una vaca recién laceada sin moverse ni oponer resistencia y sin decirle qué rico eres a él que sabía lo macho que era. No, mañas no eran ni otro hombre lo que la había empujado a la fuga sino la pura menopausia, y en eso sí que fallé porque debí curarla, se sintió un poco culpable porque, cuando ella andaba respondona, otra medicina habría debido darle, como la vez en que le hinché los ojos y le rogué de rodillas que me perdonara y las veces en que solía encerrarla en el baño con un candado para que escuchara su charla científica sobre las mujeres malas pero debí seguir el consejo de mi santa hermana y agarrarla a baldazos de agua helada para que se le fuera el demonio de la calentura, sí señor. Aunque algo hice por ella cuando ordené trabar las llaves de agua caliente de la casa para que el agua heladita de la sierra la hiciera entrar en salud y la convirtiera en una regia hembra en vez de esa mujer temblorosa a la cual le saltaba la ceja izquierda en cuanto él se le acercaba, y luego todo el cuerpo, como en forma de tercianas cuando él iba a cumplir con sus deberes conyugales, y por supuesto que él había sabido ser paciente y solamente la tomaba cuando a ella se le había pasado la tembladera y ahora a bañarse mi reina, en agua bien friecita para que se te vayan los malos pensamientos, y para que se acabe de una vez por todas esta pequeña contrariedad que hay entre nosotros y que es sólo una pequeña crisis de la relación conyugal debido a lo mal que me ha estado yendo en los negocios, y todas las parejas tienen problemas y todo esto pasará pronto, mi reina, porque con dinero o sin dinero yo hago siempre lo que quiero y yo sigo siendo el rey.

    Claro que la cosa se ponía un poco difícil ahora si ella ya había llegado a los Estados Unidos porque a los gringos se les había dado con la bendita historia de los derechos humanos y al calzonazos del presidente lo mandaba su mujer, y no sería raro que dieran una ley de asilo contra la violencia doméstica como le advirtió su abogado. Si ella había entrado en territorio americano, la cosa se ponía brava porque allí no iba a poderles pagar a los policías ni a los jueces, como lo había hecho antes las tres veces en que ella se había fugado con los dos niños y la vez en que la acusó de secuestro, y cuando el juez le preguntó a él: "¿La encerramos, ingeniero?", de puro magnánimo, dijo que no y la perdonó cristianamente con la condición de que de ahora en adelante te muevas en la cama, y vendrás a vivir en la hacienda, y al bebe lo cuidará mi hermana en su casa y a la niña mayor podrás criarla tú allá en el rancho grande siempre y cuando no me la conviertas en una romántica. Todas las mujeres son ingratas y ahora, a los veinte años de matrimonio, Leonor se había escapado llevándose a Patricita de dieciocho años que la siguió porque sabe que es una consentidora y que aceptará que se case con cualquier pelagatos y no con el hijo de mi socio que yo le tenía reservado, y la muy desnaturalizada me ha dejado al bebe porque no quiso seguirla, para que yo lo amamante, olvidándose la ingrata de los veinte años de felicidad que le he dado y de los principios espirituales que rigen a la familia cristiana. Quiso preguntarse por qué, pero no pudo responderse debido a que, de forma increíble en un hombre tan bravo, dos lágrimas comenzaron a cerrarle los ojos, y se quiso decir que los valientes también lloran, pero no alcanzó a musitarlo, y se quedó a la mitad de la frase, dormido, y vio en sueños que un potro emergía del océano, y se dijo que eso era un sueño, pero el potro lentamente sacó primero del agua las orejas y después los ojos amarillos y dorados, y por fin el lomo y la cola que habían estado guardados mil años en el fondo de los mares, entre pulpos y estrellas, y se deslizó suavemente trotando hacia la curva del cielo, y sobre el lomo llevaba montadas a Leonor y a Patricita. Se las llevaba hacia la Vía Láctea.

Lo que no sabía Leonidas es que sus lágrimas no eran lágrimas y lo que él había tomado por la Vía Láctea tampoco lo era. Era brujería el agua de las lágrimas y también lo era el color jabonoso del cielo que por unos instantes le habían impedido ver al mundo y a las silenciosas fugitivas, y todo aquello le había sido enviado desde lejos gracias a un excelente trabajo de magia roja, la magia del amor, que había sido operado a distancia por doña Elsa Vicuña a pedido de Leonor. "Ayúdeme", le había solicitado. "Ayúdeme", había clamado al ver que no había nada ni nadie sobre la tierra capaz de apoyarla. "Ayúdeme, por favor", le había rogado desde lejos, incluso sin conversar con doña Elsa, cada vez que bajo la máquina brutal del marido, al saciarse él, ella le rogaba con espanto: "Ya estás saciado. Ahora déjame ir", a lo que él invariablemente respondía, tal vez ya medio dormido: "Te vas, te puedes ir ahora mismo, pero te vas sola. A mi hijo varón me lo dejas". Y ella había averiguado con un abogado de los pocos en que se fiaba que, efectivamente así era, que si se llevaba al niño podía ser acusada incluso del delito de secuestro. "Pero, licenciado dígame entonces: ¿qué puedo hacer?". "Lo más sensato es que ustedes dos lleguen a una amigable disolución del matrimonio con el mutuo disenso". "Entonces plantéele el divorcio por la causal de violencia moral y física", le respondía el abogado con la certeza de que le estaba mintiendo porque los jueces y la corte de la ciudad siempre estarían de parte del rey del mundo, de Leonidas Montes de Oca, que solía dar fiestas exclusivamente para hombres y que había sabido honrar el prestigioso blasón de su familia con el éxito total en los negocios, en los negocios honrados y en los que no lo eran tanto, y de quien incluso se decía que había logrado hacerle la trampa a un famoso narcotraficante después de haberlo representado y haber sido su socio. No había un poder sobre la tierra capaz de hacerle frente a un hombre que era algo así como hermano del jefe supremo de la policía del estado: "Conque ya lo sabes. Así te fueras a París o a Venus, el comandante Jacobo Marroquín, mi hermano del alma, te haría rastrear con sus sabuesos y te encontraría en el fondo de la tierra y te pondría en la primera comisaría en lo más alto de los cielos como para ti mi reina, y te hallaría en el fondo pardo de los océanos y en los caminos que hay entre estrella y estrella, y abajo, más abajo de abajo, te ubicaría incluso en el fondo de los infiernos, porque eso sí, mi reina, al cielo ni siquiera pienses en ir porque allí no podrás recurrir a Dios, quien ya te debe haber cerrado el ingreso a su santísima casa por el pecado infame de tratar de romper el lazo sacrosanto del matrimonio porque lo que Dios ha unido no lo separe nadie. Nadie, mi reina. Y allí mismo en la puerta del cielo, cuando San Pedro te diga que no, mi reina, que habrías debido pensarlo antes de atreverte a pisar la santa casa de Dios porque allí no se admite a la gente que no cree en el santísimo matrimonio, allí mismo, mientras le llores a San Pedro y forcejees con los guachimanes del cielo, allí aparecerá mi compadre, el comandante Marroquín, con órdenes firmadas y refrendadas por la autoridad competente para decirle a San Pedro que con la venia de usted, vengo por esta mujer de parte de su legítimo dueño y señor don Leonidas Montes de Oca, y me la llevo con la venia y la bendición de usted y también la de San Antonio, que es el santo de los matrimonios, para conducirla directamente al dormitorio de don Leonidas donde debe cumplir con los deberes del santísimo matrimonio. Y así habrá de ser, mi reina, hasta que la muerte nos separe, y que no se te ocurra morirte antes porque te hago sacar de la muerte con la fuerza de mi amor y la fuerza pública del comandante Marroquín, pero no te apures que de todas maneras morirás, pero después de mí, y allí también nos veremos porque morirás como toda una Montes de Oca y te enterrarán en el sepulcro de piedra negra que guarda los huesos y las almas de mis antepasados, y para toda la eternidad, reposarás amorosamente a mi costado y junto al cuerpo inmaculado y la olorosa santidad de mi tía abuela doña Carmen Adelaida Victoria Larrañaga y Montes de Oca cuyo espíritu nos acompañará toda la vida o toda la muerte hasta que vengan a sacar sus restos para llevarlos al Vaticano donde el Papa la canonizará de inmediato". Y por todo esto, porque Leonardo le había demostrado que no había poder en el universo capaz de devolverle la libertad, ni la paciencia, ni siquiera la dulce espera de la muerte, por todo esto Leonor le había rogado a doña Elsita Vicuña que le volviera a leer la suerte, pero que ahora la ayudara a corregir la carta de los destinos. Así lo hizo doña Elsita, y apenas Leonor partió el mazo volvieron a aparecer los dos naipes de su obsesión: en el primero, estaba ella, triste y bellísima, vestida de reina española; sobre su cabeza cayó el naipe más importante, el de un rey todopoderoso con cuatro pares de ojos que le permitían mirar al mismo tiempo al norte, al sur, al este y al poniente. Como siempre, en esas condiciones cualquier intento de fuga era imposible. Como siempre, sólo que esta vez hubo una pequeña variante: apenas apareció la carta del rey, las dos mujeres, según lo tenían planeado, la metieron en una tinaja colmada por las lágrimas que Leonor había vertido la noche anterior bajo la luz dudosa de la luna y los rayos luminosos de la Vía Láctea, y así le velaron mágicamente los ojos a Leonidas para que durante siete días, los únicos de toda su vida, no mirara hacia las cuatro direcciones, no sospechara, no espiara, no fisgara las puertas ni los sueños y para que sus ojos atisbaran el firmamento y únicamente alcanzaran a ver la leche derramada por la Vía Láctea y para que todas la cosas le parecieran un sueño como cuando vio que un antiguo caballo emergía de los mares, y montadas sobre él se iban Leonor y Patricita, y tan sólo atinó a decirle en sueños a la cama vacía de Leonor: "Qué raro, soñé que te ibas en un caballo por el río sin fin de la Vía Láctea". Lo que no sabía Leonidas es que ese río avanza hacia el norte, y fue por eso, que pasados los siete días de su ceguera mágica, la fugada y su hija ya habían atravesado las plateadas montañas de México y estaban descendiendo suavemente sobre las tierras de California, aromadas de frutas y libertad.

Por su parte, lo que no sabía Leonor es que Leonidas también iba a acudir a la brujería, pero mientras que ella usaba de la magia roja, él contrató a un maestro de magia negra, don Filemón Castañeda, brujo por herencia familiar, de quien se sabía que al morir su padre, igualmente brujo, le había cortado la cabeza para que le sirviera de consejera durante las operaciones mágicas, y precisamente fue esa cabeza la que, entrada ya la medianoche, abrió la boca vacía y le preguntó a Leonidas: "Patrón, ¿canto?". "Canta, pues", le ordenó, "pero no creas que creo en brujerías". "Entonces, patrón tengo que aconsejarle que no la siga buscando porque lo que es ella ya ha llegado a Los Ángeles". Eso era lo bravo porque allí sí que no podía contar con nadie, a menos que el compadre Marroquín pudiera hacer un contacto con la Interpol, pero eso no era posible en aquel momento, porque Marroquín andaba un poco escurridizo con esos caballeros "por una nada, compadre. Los gringos suponen que tuve algo que ver en la muerte de un agente antinarcóticos y usted sabe, compadre, que usted tampoco podría entrar en los Estados Unidos porque los gringos suponen que también tuvo usted arte y parte en esa muerte". Allí fue cuando Montes de Oca comenzó a gritar que todo eso era una mentira, que la brujería no existía y que todos eran unos cobardes: el comandante, el brujo Filemón y la cabeza muerta que sólo sabía hablar sandeces y profetizar asuntos que ya habían ocurrido, y le ordenó a la cabeza que se mordiera la lengua inexistente, y de puro obediente, la cabeza lo hizo, lo cual lo alivió un poco de su gran pesadumbre porque le hizo sentirse señor en los señoríos de la muerte.

Entonces pidió que mataran al amante. "Pero resulta que no, don Leonidas, con su perdón pero aquí la veo sola y no veo hombre alguno a quien matar", dijo la cabeza del muerto y añadió que no había visto ningún triángulo amoroso, "sino que el problema es que ella no lo puede aguantar a usted, patrón", y para estar más seguros se había metido dentro de su corazón y le había borrado todos los boleros y otras canciones de amor así como el recuerdo de los enamorados que hubiera tenido antes de conocerlo a usted, don Leonidas, incluso en alguna encarnación anterior".

"Entonces, inventen algún modo de traerla. Si no quiere ni por la buena ni por mala, hay que lograr que se regrese por su propia cuenta". "Ahora sí estamos hablando en serio, patrón", dijeron al mismo tiempo el brujo y la cabeza encantada, y después de varias horas de indagar en los infiernos, volvieron de allí con la respuesta de que podían lograrlo. Para ello servían las pesadillas. Colmarían las noches de la fugada con sueños de pesadumbre, harían que los remordimientos la desbordaran y que la frialdad de la muerte se escondiera debajo de su almohada hasta que, harta de tanta pesadilla, Leonor desandara el camino que la había llevado a los Estados Unidos, diera gracias a la familia que le había ofrecido alojamiento, renunciara al trabajo que le habían conseguido y encaminara sus pies hacia la frontera donde también daría las gracias a la patrulla de frontera y les prometería no pisar otra vez el país donde no había sido invitada, y luego avanzaría, plena de amor, como en cámara lenta, hacia el lado mexicano, donde estaría esperándola el recio pero magnánimo don Leonidas Montes de Oca, "usted, patrón, vestido todo de negro como ranchero, con luz de miles de estrellas y música de pasodoble que es como lo estoy viendo".

Y por eso fueron siete las pesadillas que la cabeza muerta le envió a la fugada. Los siete sueños negros salieron de Guadalajara, uno cada viernes, y atravesaron cumplidamente la frontera, volaron sobre las supercarreteras, entraron en Los Ángeles, esquivaron los rascacielos y, uno tras de otro, viernes tras viernes, entraron por la ventana de Maple 247, séptimo piso, donde dormía Leonor, y se metieron en su sueño, o más bien se convirtieron en sus sueños, pero no lograron lo que se proponían. No los seis primeros sueños; sí el último.

Durante la primera pesadilla, se le apareció el alma de una mujer condenada al infierno por haber desobedecido a su marido, y le mostró los castigos que le esperaban, pero Leonor le agradeció la información y le respondió que nada podía compararse con la inmensa libertad que ahora sentía, y que después de muerta sería muy feliz recordando esa libertad aunque se hallara en los infiernos.

Un ángel verde, con alas fosforescentes, se le apareció en el segundo sueño, y le mostró los deleites del paraíso que volverían a ser suyos si dejaba de obedecer a su necio orgullo, y antes de que pudiera reaccionar se la llevó volando al cielo y la hizo pasear por las calles del paraíso donde viven las mujeres buenas. "¿Viven solas?", preguntó Leonor. "Todo lo contrario", le respondió el ángel. "Viven acompañadas por su amado esposo durante toda la eternidad". "Entonces, prefiero el infierno", replicó Leonor, y el hermoso sueño huyó espantado por la ventana.

El tercero no fue un sueño sino una aparición. A pedido de Montes de Oca, el brujo hizo que el ánima bendita del padre de Leonor, traído desde el purgatorio, se materializara sentado a los pies de la cama para darle buenos consejos y decirle que las mujeres buenas obedecen primero a su padre y luego a su marido, y por fin, al hijo mayor si, por desgracia, llegaban a enviudar.

"Y por eso es necesario, hijita, que obedezcas a Leonidas que es tu dueño y señor".

Ese fue el momento en que la fugitiva pudo haber cedido porque siempre había adorado a su padre, y sabía que era un hombre muy prudente. Pero, para su fortuna, su mágica aliada, doña Elsita Vicuña, no la había abandonado. Aunque su ciencia le servía solamente para hacer el bien, tiró las cartas y se enteró de que el marido estaba usando de las malas artes del terrible Filemón Castañeda. Una lectora del Tarot común y corriente se habría desanimado frente a ese enemigo, de quien se sabía que había hecho su doctorado de brujería en el infierno, pero doña Elsita, en vez de intimidarse, lo retó a batallar.

Y así fue como, en el momento en el que el brujo y la cabeza mágica lanzaban los sueños desde

Guadalajara, apareció en el cielo mexicano una imagen de doña Elsita armada tan sólo del santo rosario. Y se sabe que cuando el brujo decía "uno", la dama lo traducía al idioma sagrado y en latín decía "une" y después "due" y a continuación "trini" y "mili", y con las palabras benditas iba apagando las llamas del infierno. Y por eso fue que las pesadillas, hasta la sexta, perdieron fuerza, y Leonor resistió.

Durante el cuarto, el quinto y el sexto sueño, emisarios del paraíso y los infiernos se turnaron en la almohada de Leonor ora para amenazarla con la condenación eterna ora para ofrecerle los goces que están reservados a los bienaventurados a cambio de desandar lo andado, volver los ojos a la tierra lejana y caminar de prisa hacia los brazos de su amado consorte que cambiaba de ropa en los sueños y trocaba la de ranchero mexicano por la de gamonal en los Andes de Sudamérica, aunque a veces parecía también llegar como bailarín de flamenco, pero no abandonaba la música de pasodoble que siempre lo estaba siguiendo como la música que rodea a los toros de lidia en las tardes de corrida, ni los olés y olés que festejaban su planta de toro recio, pero nada de eso ni siquiera las campanas celestiales ni mucho menos esa hermosura de Leonidas que ya no era hermosura de hombre, nada ni nadie fueron capaces de siquiera hacerla pensar en el retorno a Guadalajara, convencida como estaba de que hasta los ángeles ambiguos eran más hombres que el hombre que la reclamaba.

El séptimo sueño no fue sueño y, sin embargo, la determinó a retornar. En vez de ver imágenes, escuchó los acordes tristes de una canción de su tierra. Era una canción sin palabras, pero la cantaba un coro de niños sin madre, como de la edad del suyo, que no podían decir palabras, pero que iban murmurando con los ojos una súplica, como un regresa pronto, a la madre ausente.

Entonces ocurrió lo extraordinario: "Acérquese, patrón", dijo la cabeza, "y mire lo que estoy viendo en la bola de cristal. Allí donde le digo, detrás de ese árbol, cerca de ese río, mire quién viene".

Y por supuesto que era ella quien regresaba. A través de los cristales y por el curso de los ríos del aire, se fue dibujando la silueta de la arrepentida que avanzaba de norte a sur, de Los Ángeles a Guadalajara, hacia el encuentro del hombre generoso y magnánimo que, como las otras veces, la estaba esperando para perdonarla.

Cuando Leonidas alargó sus brazos en forma de cruz, todavía tuvo que esperar un poco porque la bella fugada se tardaba en llegar hasta él. "Se lo dije, patrón. Le dije que se la traería, y allí la tiene. Es toda suya, y si quiere, revísela para que vea que viene completa". Ahora, el cielo estaba más claro, y Leonidas no tuvo que auscultar la bola de cristal porque la dama ya estaba frente a él, a tan sólo unos metros de distancia, y los ríos del aire la habían traído completa, con sus ojos largos y lejanos, el flotante pelo negro y los labios intensamente rojos. Sin mover los pies, como levitando, había alzado vuelo desde las calles anaranjadas de los Estados Unidos y, más bonita que antes, por vencida y por triste, había cruzado la frontera y dentro de unos minutos llegaría hasta sus brazos.

Pero no venía con las manos vacías. Ya estaba a sólo un metro de él, la distancia de un abrazo, cuando Leonidas advirtió que ella sostenía algo entre las manos, y antes de que atinara a escapar, se dio cuenta de que ella le estaba apuntando mientras ya rastrillaba el arma. Quiso reclamar la ayuda del brujo o de la cabeza, pero ya no estaban a su lado, quizás ya volaban por el cielo o los infiernos, y entonces recordó que ella había estado presente todas las veces que él instruía a Leoniditas en el manejo de las armas, y que más de una vez le había dado muestra de su pericia, y ya no supo qué hacer. Se le ocurrió pedirle de rodillas que lo perdonara, por el amor de nuestros hijos, por ellos hazlo, pero ella no le disparó sino que pasó junto a él, se pasó de frente, sin que nadie gritara olé ni olé y llegó hasta el lecho de su hijito que la estaba esperando, y con él se fue de regreso hacia el norte mientras en una mesa sin clavos, doña Elsita Vicuña limpiaba los naipes, satisfecha de la jugada, y tomando un sorbo de agua florida escupía hacia el norte y el sur, el este y el poniente a fin de que se fueran para siempre los tiempos malos.

Santa Bárbara navega hacia Miami

De algún lado del universo salió un rayo que en vez de evaporarse al instante se posó sobre el cielo de Miami a medianoche y estuvo brillando durante casi una hora. Dicen que de ese rayo salió una nube tan negra como debe ser el infierno, y de ella salió el viento, salieron las palomas negras, salió el silencio, salió el frío, salió la muerte, salieron las pesadillas, salió el recuerdo, salió el olvido, salió varias veces el miedo, y del miedo salió otro rayo que venía del sur e incendiaba sin fin los cielos negros de la Florida.

Los que se atrevieron a mirar hacia las nubes a esa hora dicen que de allí salió la tempestad, aseguran que entró por los Cayos y juran que corrió a través de la ciudad como corre la muerte, sin que nadie le vea la cara ni las manos. A su paso, se desataron muchas embarcaciones en la bahía y, en toda la ciudad de Miami, se inclinaron, casi se acostaron las palmeras, temblaron las puertas, se estremecieron las ventanas, se fueron al cielo los tejados que habían sido pintados de rojo, y, finalmente, un autobús estacionado en el extremo sur de la península resultó viajando en sentido contrario y sin piloto por la carretera que va al estado de Carolina del Sur.

Después comenzaron a sonar la campanas en todas las iglesias, sin sacristán ni campanero, como si quisieran anunciar que había llegado la hora de la hora, pero antes de que se cumpliera una hora, todo retornó a su lugar, los tejados rojos volvieron a las casas que les correspondían, el rayo regresó a la nube, y la nube al sur, y en el sur la nube terminó por desvanecerse porque no era una nube de verdad , y todavía no era el huracán que iba a ser. Era solamente un anuncio.

Se dice que lo único que sintió Iván fue que tocaban su puerta durante la medianoche, pero no salió a abrir porque tenía mucho sueño y porque su mujer le había hecho notar que no esperaban a nadie, y que en caso de no ser asaltantes los que hacían ese ruido tan extraño, tenía que tratarse de la muerte. Todo eso le pareció exagerado, pero terminó por creerlo porque los golpes contra la puerta no cesaban durante más de una hora y porque durante ese lapso no cesaron de bailar sobre su techo una danza africana, los vientos o los demonios, y cuando terminó de irse la tormenta dejó sobre su casa un rastro de cumbias y vallenatos.

A la mañana siguiente, la radio, la televisión y la prensa informaron a la población de la Florida que el extraño fenómeno no era sino el anuncio del más pavoroso huracán del que hubiera memoria en el Caribe. Bonita, como lo habían llamado los meteorólogos, había seguido hasta ese momento un trayecto muy extraño. Nacido en el Golfo de México, el huracán había enfilado violentamente hacia el

Atlántico oriental; de pronto, se había detenido –transformado en un tirabuzón– sobre un islote y se había pasado allí como una semana pensando. Cuando el islote se hubo convertido en un profundo foso, Bonita había decidido volver al continente y, desde hacía dos semanas, estaba avanzando con tanta lentitud como seguridad hacia la península de la Florida. Todo lo que viniera antes no era el huracán, eran solamente sus anuncios.

El viento no era todavía un viento de verdad. Había hecho doblar las campanas, había golpeado las puertas, había arrancado los techos rojos, se había llevado un bus de uno a otro extremo de la península, había bailado danzas caribeñas sobre el techo de Iván, pero no era todavía el verdadero viento, y el mar no era todavía el mar, el verdadero, aunque hubiera volteado algunas embarcaciones y encrespado olas gigantescas. Tan sólo eran anuncios de Bonita que todavía era bonita, pero no tardaría en ponerse tan bonita como la muerte.

Eso fue justamente lo que anunció el hombre de la televisión el otro día. El huracán que llegaba a la Florida no tenía precedentes en la historia. Floyd, que había arrasado la ciudad el 24 de agosto de 1992, era como un ratón frente a un elefante en comparación con todo lo que se venía. Sus vientos habían desarrollado una velocidad de doscientos cuarenta kilómetros por hora en tanto que los de Bonita venían a novecientos. Sin embargo, Floyd había barrido setenta y seis mil casas y había dejado una parte de la ciudad, aquella por donde había pasado, convertida en algo parecido al cráter de un volcán. Se calculaba que el mar iba a alzarse a la altura de un edificio de ciento veinte pisos, y una sola ola sería suficiente para cambiar la geografía de los Estados Unidos.

Lo primero que hizo Iván fue preguntarse cómo lo había sabido Wálter Mercado, su adivino favorito que la noche anterior, desde la pantalla de televisión, le había dicho:

–Acuario, Acuario. Una bonita viene hacia ti, pero cuídate. Está como loca...

E Iván había visto cómo relampagueaban los ojos del famoso Wálter, quien ya lo estaba señalando con el dedo:

–Sí, a ti me estoy refiriendo, sinvergüenza. Ay, Acuario, ¡cuándo vas a cambiar!... Ten cuidado, es una relación tormentosa que puede inundar tu vida. Pero ya sabes lo que yo siempre te recomiendo: amor y más amor, mi querido Acuario.

–¡Cuándo voy a cambiar! ¡Cuándo va a cambiar mi suerte! –se lamentó frente a su esposa que también escuchaba en esos momentos al hombre del tiempo–. Hace siete años que Floyd se llevó nuestra casa y el restaurante que habíamos abierto. ¡Qué va a pasar ahora!

En los ochenta, algunos cubanos nostálgicos decían que en el Moros y Cristianos se servía el mejor daiquiri de los Estados Unidos, e incluso muchas bodas se habían realizado en su espaciosa sala porque el establecimiento de Iván ya era un restaurante-bar cubano de primera cuando el huracán se lo llevó. La catástrofe ni siquiera lo había dejado en el suelo; se lo había llevado por los cielos, lo había convertido en aire.

Por supuesto que a Iván, ese acontecimiento lo había dejado en la bancarrota, pero de allí se había ido levantando poco a poco, y ahora, en el año final del milenio, el Moros y Cristianos # 2 tenía un local más espacioso y estaba situado en un barrio de mayor prestigio social, al norte de Miami Beach.

Levantó los ojos para fijarse en los de su esposa, pero ella parecía no haberlo escuchado. María del Pilar miraba hacia el techo como si estuviera tratando de recordar algo. Cuando lo recordó por completo, comenzó a sonreír:

–Eso ya estaba anunciado. Hace rato que yo lo sabía...

Iván la miró sorprendido:

–¿Lo sabías? ¿Se lo escuchaste a Wálter Mercado?

–Lo sabía, pero no de esa manera, sino porque me lo anunció tu mamá.

–Recuerdo que hablamos con ella por teléfono en Navidad, pero no me acuerdo de que nos haya hablado de este huracán.

–En primer lugar, no hemos hablado con ella. La he soñado el sábado, y cuando se sueña con la suegra el sábado significa que habrá tormenta... Además, en el sueño la vi pasearse cerca de la catedral de La Habana, y parecía muy preocupada...

Doña Luisa Mercedes no le había dicho nada. Se había limitado a mirarla con cariño y después se había metido en la catedral. De esa misma forma la habían soñado en los ochenta, cuando habían querido sacarla de Cuba en un vuelo directo y ella no había aceptado con el pretexto de que ya estaba muy vieja y no quería ser un estorbo. La mayoría de sus hijos estaba viviendo en los Estados Unidos, pero Iván era el único que residía en Miami, y tal vez la cercanía geográfica era la razón de que les resultara más fácil comunicarse en sueños.

–Tal vez quiso decirme algo, pero se arrepintió porque no quería meterme susto.

–Tal vez sería bueno que la llamemos por teléfono –propuso Iván, pero su esposa no aplaudió la idea porque a través del teléfono las personas no pueden decir las mismas cosas que dicen en medio de los sueños y porque, además, la comunicación telefónica con Cuba se había puesto muy difícil.

De todas formas la intentaron, y resultó imposible. Cada vez que hacían un intento, una voz en inglés les decía que el número al que llamaban no existía. Por fin le pidieron a una operadora que hiciera la llamada, y ella les respondió que lo intentaría, pero que no les prometía nada, y que a lo mejor iban a tener que esperar algunas horas.

Los sueños con doña Luisa Mercedes venían acompañados de victrolas de la RCA Víctor y el perrito que escucha música, de los boleros del despecho y de Nico Membiela, de Barbarito Diez y el Trío Matamoros, de Blanca Rosa Gil y de Olga Guillot, de los ojos cerrados de ella y de don Mariano, el padre de Iván, mientras bailaban el danzón; y la música con ellos se quedaba en el pasado, es decir en Cuba, porque Cuba es, en verdad, música y ritmo y comunicación de los sueños, pero si quieres salir para abrirte paso, chico, "toma chocolate y paga lo que debes". ¿Tanto costaba tomar chocolate?

"Toma chocolate"... A la mañana siguiente, supieron que el huracán avanzaba en zigzag y estaba amenazando, hora tras hora, Cuba, Puerto Rico y Santo Domingo. La cámara de televisión mostró después un barrio de Miami en el que los vecinos clavaban tablones de madera sobre las ventanas de las casas. Otros comenzaban a cargar el automóvil con ropa y comida, y declaraban al locutor que se iban a marchar hacia el norte, todo lo más lejos que pudieran estar de Bonita.

Después se vio en la pantalla una imagen del huracán captada desde un satélite. Sobre el mar verde del Caribe, Bonita era una gigante estrella roja que avanzaba arrojando destellos a uno y otro lado, pero marchaba con lentitud y colmaba el cielo con un intenso color amarillo, el color de los recuerdos.

Tampoco ese día ni los siguientes pudieron comunicarse con doña Lucha, pero el sábado, como a eso de la medianoche, ambos la soñaron:

–Gracias, hijitos, por tratar de hablar conmigo. Ya ven, soy muy vieja para esas novelerías del teléfono, noventa años a cuestas ya es algo, pero no se preocupen por mí que estoy bien, y por aquí no está pasando nada. En realidad, no creo que vaya a pasar nada. Y por allá, tal vez las desgracias puedan evitarse...

¿Evitarse?... Iván conocía desde pequeño el tremendo optimismo de su madre. Entre otras cosas, por ejemplo, había prometido a sus hijos llegar viva hasta el nuevo milenio, y en ese momento, a más de la mitad del año 99, estaba cumpliendo con su palabra, pero evitar que el huracán llegara a la Florida... eso era ya un exceso de optimismo.

—No es optimismo —dijo la señora arqueando las cejas—. Es seguridad, hijito. Hay algo que has olvidado a pesar de que hace años te lo he venido pidiendo... ¿Acaso no recuerdas lo que te recomendé que hicieras cuando abriste tu primer restaurante?

No, Iván no recordaba, pero comenzaba a darse cuenta de que en ese momento estaba desobedeciendo a su médico, un gringo de muy malas pulgas que le había prohibido hablar en sueños con su madre. "Está usted padeciendo de una depresión enmascarada", le había dicho mientras le recetaba Prozac y le recomendaba que cuando comenzara uno de esos sueños, tratara de despertarse de inmediato.

—No te hagas el que no me escucha, ni trates de despertar —siguió doña Lucha—. Te dije que debías poner en tu restaurante una imagen de Santa Bárbara, pero no me has obedecido. ¿A quién se le ocurre abrir un restaurante y no ponerlo bajo la protección de Santa Bárbara? ¿A quién se le ocurre salir de Cuba sin llevarse por lo menos una Barbarita?... Pero no te preocupes, hijito, que para eso tienes a tu madre. Tanto me has pedido que viaje a Estados

Unidos que lo voy a hacer. Yo misma me voy a ir allá llevándote una Barbarita.

Iván y María del Pilar conocían los poderes de Santa Bárbara para aplacar las tempestades, desviar los vientos y auxiliar a los navegantes, porque habían nacido y crecido en Santa Clara, una región de Cuba donde la veneración principal está dirigida hacia ella. Como todo el mundo sabe, aunque algunos dicen que no, Santa Bárbara es Orishá Shangó, un espíritu de la tierra que protege y a veces también castiga a sus devotos, pero que sobre todo está con ellos en medio de las dificultades. Una torre y una espada son sus signos. Las personas que le están consagradas usan collares de cuentas de vidrio color púrpura. El viernes es el día de la semana en que suele manifestarse.

–¿Cómo dijo, mamá?... No, eso no. Eso ni en sueños se lo voy a aceptar... Usted no va a venir aquí. Recuerde que la quisimos traer en uno de los vuelos de la libertad y usted no aceptó. Ahora, ¿en qué va a venir?, ¿en balsa?... Usted ya está muy vieja para esos trotes... y ahora menos, con la tempestad que se acerca...

Pilar se unió a su esposo en rogarle a la anciana dama que resistiera la tentación de viajar, pero ella insistió y les dijo de cierta forma enigmática que ya vería la mejor forma de hacer la travesía.

Santa Bárbara no es Santa Bárbara. Es decir, no es una santa, no es una mujer. Es el nombre que los esclavos le pusieron a Orishá Shangó, el dios llegado del África, para poder invocarlo en América sin molestar a los españoles. Por eso, en sus fiestas, hay que poner a sus pies mucho licor y tabaco e irse bailando detrás del Eguá, el alma que va delante abriendo los caminos.

Todos lo sabemos, pero no lo decimos, y mucho menos en Estados Unidos, este país donde no hay santos ni mucho menos espíritus. Y sabemos también que, aunque a Fidel Castro no le guste, él también es hijo de un espíritu, casualmente de Yemayá, y lo sabemos porque apenas bajado de Sierra Maestra, cuando hablaba desde la Plaza de la Revolución, una paloma blanca se posó sobre sus manos, y ese es el poder que lo mantiene en el poder por tanto tiempo, un poder que puede ser usado para bien o para mal. Y por eso es que le dicen "Caballo", no por alto sino porque Yemayá aparece siempre sobre un caballo.

Todos sabemos que Oxalá es el Señor del Buen Fin, que Iemanjá es la Virgen María, que Ogum es San Antonio y Omolú es San Lázaro, pero también reconocemos que Ogum es el dios del rayo, del hierro y de los guerreros, y por eso a nadie le extraña que a veces un rayo se pose sobre Miami y no se apague durante una hora porque acaso está buscando a quienes le están consagrados.

Pero lo que el primero de setiembre emergió del rayo era una nube tan negra como el infierno, y de allí salieron las palomas negras, la muerte y las pesadillas, y por eso Iván sabía que no tenía más remedio que huir una vez más junto con su esposa y dejar abandonado el restaurante con el que al fin se estaba abriendo camino en los Estados Unidos. Y mientras la gente tapiaba ventanas, el hombre del tiempo, en la televisión, se desgañitaba diciendo que la primera ola en llegar a la Florida, cuando Bonita de veras llegase, iba a tener el alto de los edificios más altos de los Estados Unidos.

–Te imaginas, Pilar. Eso significa que los refugios subterráneos no van a servir para nada. Además de que el viento va a llevarse a Miami para otro estado, nuestro suelo va a ser inundado. Creo que debemos irnos cuanto antes.

–Tu madre nos ha enviado un mensaje. Cuando llegue Santa Barbarita, estaremos a salvo. No sólo nosotros, toda la gente en Miami, y sería bueno que pasaras la voz.

–Me creerían loco. En todo caso, ¿cómo crees que llegaría la santa? ¿Se te ocurre que mi madre va a venir en balsa para traerla?

Ese mismo día, a la 1:30 de la tarde, el Centro de Predicción de Tormentas del Servicio Meteorológico de los Estados Unidos emitió el aviso definitivo: sí, ahora era completamente cierto. El monstruo estaba llegando a casa. Se encontraba a 150 millas, y su avance era en línea recta hacia la Florida. Los científicos tenían un mapa exacto de su trayectoria y podían calcular con exactitud qué calles de Miami serían su camino, pero lo único que no podían decir era la hora de su llegada.

–Es extraño. Ya debería estar aquí –dijo por la televisión un hombre que se identificó como Kent Buys, coordinador de operaciones de emergencia.

—En su camino, adquiere velocidades de hasta 900 kilómetros por hora, pero se ha detenido varias veces. Ahora lo tenemos detenido exactamente frente a Miami. Luego posiblemente dé un salto de cincuenta kilómetros, o tal vez más. No sabemos a qué hora va a llegar hasta nosotros. Lo único que podemos hacer es evacuar cuanto antes.

Se trataba de un huracán, pero avanzaba acompañado de súbitos tornados. Hay una gran diferencia entre ambos fenómenos. La mayoría de los huracanes comienzan a gestarse frente a las costas de África y, por lo tanto, su camino es predecible. Se les rastrea por medio de satélites; los meteorólogos analizan los datos con computadora y la información se transmite a intervalos de una hora en los noticiarios de manera que no toman a nadie por sorpresa.

No pasa lo mismo con los tornados. Sin que nadie lo adivine, bajan repentinamente de las nubes como animales hambrientos y destruyen todo lo que encuentran. Dentro del torbellino que forman, el viento puede alcanzar 500 kilómetros por hora y tal es su fuerza que pueden levantar un tren y dejarlo caer a cien metros de distancia.

Es asombroso que ambos monstruos se junten, pero eso es lo que estaba ocurriendo con Bonita y sus sorpresivos acompañantes. Y de repente se detuvo durante una semana a 150 kilómetros de distancia. Quizás durante toda esa semana, Miami estuvo habitada tan sólo por Kent Buys, bajo su refugio de acero, por Iván y María del Pilar y algún otro millar de locos.

El día 12 de setiembre, los tornados bajaron sobre todas partes, pero la tormenta no entró en Miami. En los estados vecinos, en vez de nubes, el cielo era un solo aguacero, y día y noche caían torrentes de granizo del tamaño de una pelota de béisbol. Ese mismo día, una tormenta que no tenía nada que ver con la que se esperaba y que nadie supo de dónde había llegado, entró en North Carolina. Con el estrépito de mil trenes, se asomaba sobre un pueblo, aullaba, lo estremecía y seguía su camino, pero aquello era incomprensible porque todavía no era la verdadera tormenta.

El 14 de setiembre, a las diez de la mañana, se hizo de noche sobre Miami. Una nube inmensa tapó el sol como si quisiera apagarlo, y durante más de una semana los días se convirtieron en noches. En ese momento, Pilar e Iván se habían convencido de que nada ni nadie, ni siquiera Santa Barbarita podía salvarlos y ya estaban cargando el carro para marcharse cuando se hizo la noche.

Pero no era precisamente una noche de tormenta. Mientras las bestias del cielo bajaban a las Carolinas, Alabama y Georgia, y en todas partes se anunciaba el fin del mundo, en Miami, a la diez de la mañana se inauguraba una noche que no tenía cuándo terminar, una noche clara, serena, olorosa, romántica, repleta de recuerdos y de música del trópico. Durante varios días que fueron una sola noche, las aguas negras del Atlántico se adormecían y el mar se convertía en una inmensa laguna mientras que los viejos boleros de los Panchos, vivos otra vez, se mecían suavemente sobre las aguas, y la gente olvidada de la futura catástrofe se iba caminando por la vereda tropical, la noche plena de quietud, con su perfume matinal.

Y mientras esa noche seguía cubriendo la ciudad, Toña la Negra, bajada del cielo, cantaba una y otra vez que se acabó el jabón, qué vamos a hacer, yo tengo un tumbaíto para lavar la ropa, y todos queríamos bailar un vals sobre las olas, y la luna se había puesto inmensa y amarilla. Luna, dile que la espero y dile que regrese a la orilla del mar. Esa noche comenzó a durar y durar, y estaba durando ya semana y media hasta el punto de que algunas personas comenzaron a volver a Miami, y la tormenta empezó a convertirse en un recuerdo suave color concho de vino. Lluvia, lluvia y lluvia sobre el resto del mundo, pero no sobre Miami. Sobre Miami, luna llena. Una luna tan inmensa como aquella que se mece en la dulzura de la caña... ¡Cuba, qué linda es Cuba!...

Entonces fue cuando ocurrió lo que ocurrió. En el silencio de aquella noche eterna, mientras algunas parejas bailaban entrelazadas en el Café Nostalgia y en el Moros y Cristianos # 2, la luna se posó al ras del mar sobre el horizonte, y en medio del satélite hacia abajo, en el lugar donde si la luna fuera un reloj serían las seis, allí apareció un punto que parecía ir creciendo como si se aproximara a la península.

Los primeros en verlo fueron Jody Harris y Chuck, su amigo de la noche, que charlaban en el bar Jimmy's. Allí no había recuerdos, ni boleros, ni cubanos, sino tan sólo un billar, un videopocker y un escenario para bailar con luces intermitentes, así como humo de cigarrillos y olor de cerveza rancia, pero también un balcón que miraba al Atlántico, y allí fue a dar la pareja:

–Parece una balsa de cubanos que viniera hacia aquí, pero eso no puede ser. Nadie sería tan loco para arriesgarse a ser tragado por la tempestad. Ni siquiera los cubanos...

Una hora más tarde, la mayoría de los parroquianos del Café Nostalgia observaba, frente al puente, el extraño punto que se había cruzado en el camino de la luna.

–¡Chico!... Si parece que fuera una balsa... Pero no, no puede ser. Tiene que ser una ilusión óptica.

Los últimos en enterarse fueron Iván y María del Pilar que habían devuelto los enseres a la casa y estaban atendiendo gente en su negocio.

–Te dije que tu madre vendría. Que nos traería una imagen de la Barbarita. ¿Oíste?

–No te olvides que eso solamente ocurre en sueños, y ahora como siempre solamente estamos soñando.

Lo mismo hicieron los otros cubanos. Creyeron que estaban soñando y decidieron no mirar más hacia la luna. Pero Chuck, el gringo del bar Jimmy's hizo algo diferente. Llamó al coordinador de las acciones de emergencia y le contó lo que estaba viendo. Después le preguntó si habría alguna recompensa por su reporte.

Por su parte, el funcionario llamó al Servicio de Inmigración, pero una voz grabada le contestó que llamara en otro momento. Lo que pasaba era que la mayoría de los que trabajaban allí ya conducían por la carretera hacia las Carolinas. Entonces llamó a la Oficina Federal de Defensa de los Estados Unidos, y allí sí tuvo acogida.

Lo malo era que no había buques guardacostas porque, en ese momento, todos navegaban hacia el norte en previsión de la pavorosa tormenta. No eran necesarios puesto que todas las previsiones en el mar ya habían sido tomadas. En vista de que Bonita se había anunciado desde hacía varias semanas y se sabía que sus proporciones eran apocalípticas, la alerta máxima había sido puesta en práctica, y no había una sola embarcación particular o de pesca navegando en la zona.

Pero el Sistema de Defensa Estratégica de los Estados Unidos trabaja todas las horas durante los siete días de la semana y no descansa jamás aunque la Guerra Fría ya sea cosa del pasado. De modo que cuando Kent Buys tocó esas puertas, toda la maravillosa maquinaria de la defensa norteamericana comenzó a desplegarse.

Primero, por supuesto, hicieron la comprobación necesaria para saber si de veras Buys era el coordinador de las acciones de emergencia de Florida y luego para saber si estaba en sus cabales. Una computadora les dio todos sus datos personales. Había estudiado en Berkeley, era dos veces divorciado, tenía dos hijos y había vivido largo tiempo en Europa antes de ingresar al servicio, pero ninguna enfermedad mental se le reportaba. Y sin embargo, sonaba insano que reportara una pequeña embarcación, o tal vez un proyectil casero, navegando sobre la boca de la tormenta. Aquello resultaba insólito, pero era necesario descartarlo.

Arriesgados pilotos comenzaron a confluir hacia el extraño lugar del horizonte, pero no podían acercarse mucho porque aquello estaba demasiado cerca del punto donde la tormenta se convertía en un tirabuzón infernal presto a tragarse todo lo que se acercara. Luego los radares se volvieron locos como si en vez de una embarcación procedente de Cuba, estuvieran viendo un objeto volador no identificado. Pero nada ni nadie, ni siquiera los satélites más tarde pudieron acertar con la naturaleza del objeto que se veía en el horizonte.

Lo único que se sabe de esos momentos se halla en una grabación que de alguna forma llegó hasta el *Nuevo Herald*.

Según la misma, uno de los pilotos del helicóptero se comunicó con la base:

—La tengo. La tengo. ¿Me copian?

—Copiado, Capitán Stone. Repórtese.

Se trataba del capitán Robert Stone, a quien nadie ha podido localizar después para pedirle mayores informaciones sobre lo que vio. En febrero del año siguiente, cuando se le buscaba para escribir esta historia, se supo que Stone había sido relevado de sus funciones y enviado a un cómodo reposo en Suiza.

—Estoy pasando encima del objeto que navega sobre una ola inmensa. No me van a creer. ¡Es una balsa!

—No estamos para bromas, capitán. Este no es el mejor momento. ¿Quiere usted tener la bondad de cortar?

—Hay una sola persona en ella. Parece una mujer. Sí, es una viejita, y parece no darse cuenta del enredo en que se encuentra. Me da la impresión de que está tejiendo. Sí, es una viejita tejiendo...

—Lo mejor es que vuelva cuanto antes a la base, Bob. Usted está delirando.

Jim Robertson, el piloto del otro helicóptero, también la vio tejiendo:

—Ahora me hace saludos con la mano derecha... Con el índice de la derecha, apunta su muñeca izquierda. Parece que me estuviera preguntando la hora...

Aunque los periódicos de esas fechas solamente informan de la cercanía del huracán Bonita, lo cierto es, y recién se sabe hoy, que también hubo emergencia de guerra. El *Miami Herald* y el *Nuevo Herald* mostraron en primera página durante toda una semana bellísimas imágenes de una bola roja circundada de rayos violetas que nunca terminaba de llegar a su destino, pero no hablaron sobre lo que era evidente. Había inminencia de un grave conflicto. De ello tan sólo se ha sabido algún tiempo después por noticias que se filtraron en círculos diplomáticos de Washington.

El Presidente Clinton fue informado en la madrugada del 17 de setiembre que un extraño proyectil invisible a los radares, pero controlado en dirección y velocidad desde una posible base cubana, estaba acercándose a Miami. No, no era una broma de Halloween. Todavía faltaba un mes para eso. Un estratega del Pentágono sugería que, acaso, Fidel Castro estaba tratando de aprovechar la tormenta para destruir la base de los exilados cubanos o quizás trataba de provocar un conflicto de proporciones, un nuevo Vietnam, que echara una cortina de humo sobre la desastrosa economía de la isla y tal vez modificara la correlación de fuerzas y alianzas militares en el mundo.

–Te dije, Iván, que doña Lucha vendría a traernos la Barbarita. No puede ser otra que ella.

–En vez de la Barbarita, parece que el propio Orishá Shangó viniera en pie de guerra. Pero lo que más convendría es que dejes de soñar.

El mundo, en esos momentos, estaba pintado de diferentes colores. Negro-noche tropical en toda la Florida, plomo-desgracia en los estados colindantes, rojo-fatalidad en el camino del huracán. El pequeño punto que avanzaba era más bien color de sueño. Pero Fidel Castro no lo veía así. También, él había sido informado por sus asesores militares del extraño objeto. Se le veía avanzar hacia Miami, pero no tenía contexta. En las condiciones del huracán, no podía tratarse de una balsa.

Había estado trabajando con la gente de Relaciones Exteriores en un comunicado que defendía a una dictadura sudamericana contra un pronunciamiento del Congreso de los Estados

Unidos, pero cuando le llegaron las noticias de que un extraño proyectil teleguiado avanzaba hacia la Florida no pudo contenerse:

–Es una provocación de los gringos. Hay que poner en pie de guerra al pueblo contra el imperialismo yanqui.

Por su parte, Bonita, que parecía haber perdido cierta importancia, decidió volver a ganar protagonismo. A la noche que había durado siete días, sucedieron en Miami un día claro y un viento tristón que se abatía sobre las casas y las calles desiertas y que hacía bramar a las olas. Repuesta del descanso, Bonita había vuelto a avanzar tan monumental como antes, acaso más poderosa, pero a una velocidad que solamente alcanzaba los diez kilómetros por hora. En línea recta hacia Miami, se calculaba que en menos de quince horas estaría allí frente. Sus olas de la altura de varios rascacielos juntos podrían entonces realmente cambiar la geografía de los Estados Unidos.

Pero el asunto de la extraña embarcación o proyectil, aunque en el mayor de los secretos, seguía acaparando la atención de los líderes del mundo. A las seis de la mañana del mismo día 30, Koffi Annan, el Secretario General de las Naciones Unidas, se trasladó velozmente a su despacho en Nueva York, y comenzó a llamar personalmente, primero a Clinton y a Castro, los gobernantes involucrados, y luego al Papa y a diversos jefes de Estado del planeta. A toda costa, era necesario evitar un conflicto que podía convertirse en una conflagración espantosa, pero nadie sabía cómo.

–Lo único que puede salvarlos de la tempestad es la ayuda de Santa Bárbara. Te lo he dicho varias veces, hijita, pero ya no te preocupes porque justamente ahora se la estoy llevando. Dentro de unas horas la vas a tener contigo.

–No me diga, doña Lucha, que es usted la que viene por el horizonte.

–No hagas cálculos, hijita. Y no le cuentes a Iván que estás soñando conmigo. Ya sabes que todo esto es solamente un sueño... ¿Oíste?

A las seis de la tarde, el Gobierno de los Estados Unidos ya no sabía cuál era el mayor peligro, si la tormenta que se hallaba a cuatro kilómetros de Miami Beach o el extraño punto pegado al horizonte que jugaba con sus pantallas de radar y enloquecía a sus pilotos. En todo caso, la evacuación de la ciudad era ya un hecho. De sus cuatro millones de habitantes, solamente quedaban en ella algunos cuantos centenares de empecinados que resistían los consejos de la prudencia, y entre ellos se encontraban los esposos Ganoza, la gente del bar Jimmy's y los parroquianos de una pequeña iglesia protestante llamada El valle de Josafat.

A las siete de la tarde ocurrieron varios acontecimientos que tal vez solamente se dan en las vísperas de un nuevo milenio. En primer lugar, el extraño punto se desvaneció como si hubiera sido un sueño y ni siquiera los satélites de observación fueron capaces de rastrear su posible regreso a una base cubana. Nada, sencillamente no estaba allí ni en ninguna parte, como si nunca jamás hubiera estado.

Clinton y Castro tuvieron que disolver las reuniones que sostenían con sus asesores militares porque ya no hubo tema de conversación, y porque a nadie se le ocurría pensar que una viejecita armada de dos palos de tejer hubiera desafiado a los poderes del mundo. Eso solamente ocurre en los sueños.

    En segundo lugar, el monstruo pasó junto a los Cayos sin tocarlos y se detuvo frente a Miami Beach, exactamente a cien metros. Allí estuvo durante una hora bramando y relinchando. La ola que entonces se alzó superó en altura a todas las que antes hayan aparecido desde la formación del continente. Fue tan alta que podía verse desde mucho más allá de los límites del estado de Florida, y su altura tapó el cielo, escondió el universo. De esa ola, como estaba previsto, salió el viento, salieron las palomas negras, salió el silencio, salió el frío, salió la muerte, salieron las pesadillas, salió el último recuerdo, salió el olvido y el olvido del olvido, pero luego de todo aquello también se desvaneció.

    Tal vez Bonita miró a Miami con un cierto desprecio e, inmediatamente después, cambió su rumbo en noventa grados, y en vez de continuar su marcha hacia tierra firme, viró hacia el norte y se fue aullando, paralela a las costas de los Estados Unidos, por los callejones del cielo, hacia el norte del norte, hacia más allá de Canadá, hacia posiblemente más allá de este planeta, hasta desaparecer.

    Al menos, eso es lo que podemos hallar en los periódicos que hablan sobre el huracán de Miami en sus ediciones de setiembre de 1999. El resto no es completamente digno de creerse. Lo cuenta la gente como si andara dormida, y es difícil saber con qué historia quedarse. Lo cierto es que cuando la vida normal se restableció en la ciudad una semana después, Pilar e Iván hallaron en la caja de su correo un sobre ancho y cuadrado que les llegaba desde Cuba. La remitente era doña Luis Mercedes Quevedo de Ganoza. En vez de abrir el sobre, los esposos se fueron inmediatamente a buscar un vidriero mientras discutían en qué lugar del restaurante entronizarían a la Santa Bárbara que había tardado un mundo en llegar.

Usted estuvo en San Diego

Usted estuvo allí, ¿se acuerda? Era una de esas tardes gloriosas del otoño en las que un color rojo invade lentamente el mundo. Había hojas rojas y amarillas en el cielo y en la tierra, y el ómnibus avanzaba indolente por las calles de San Diego, en la California púrpura y soñolienta de octubre. Era como una tour a través del otoño. El carro iba lento como flotando para que los turistas observaran el vuelo de las hojas, exploraran recuerdos en el aire y se extraviaran buscando el sentido de sus propias vidas.

Usted estuvo allí. No diga que no. El otoño es una estación de la memoria, aquí y allá y en cualquier parte, bien sea en un París amarillo de los setenta, en un San Francisco de fin de siglo, en algún puerto del Pacífico en Sudamérica, en un pueblo cercano al Escorial, en una estancia próxima a Buenos Aires, o si no estuvo en ninguno de esos lugares, aun en una casa sin ventanas donde de todas formas se cuelan las evocaciones y el otoño. Por eso, de todas maneras, usted tiene que recordar.

Para Hortensia Sierra, aquel era el día más resplandeciente de su vida. Había llegado esa misma mañana a California, y después de mucho tiempo pensaba que era feliz. Era un día que la hacía sentirse leve y libre como cuando uno es niño, o como cuando uno se va a morir, aunque tan sólo se tengan veintiséis años. Cuando entraba en una de las calles principales de la ciudad, el bus súbitamente se detuvo y la puerta inmediata al chofer se abrió para dejar pasar a un grupo de seis individuos uniformados.

Eran gente del Servicio de Inmigración, y andaban buscando extranjeros ilegales

—Todo el mundo saque sus papeles. Sus papeles, por favor —dijo el que parecía ser el jefe, pero tuvo que reiterar la orden porque el chicle entre los dientes había tornado incomprensible su fonética castellana.

Resultaba fácil reconocer a los foráneos porque eran los mejor vestidos. Las señoras se habían hecho peinados de moda y los caballeros se habían comprado ropa nueva para confundir a los "americanos" quienes suponen siempre que los "hispanos" son sucios y pobres. Pero los agentes sabían esto y, aunque el carro estaba colmado de personas de pelo negro, únicamente solicitaban documentos a los mejor vestidos y a los que posaban los pies en el suelo. Por su forma de sentarse, los que lo hacían a la manera de yogas con los pies sobre el asiento, o apoyándolos contra el respaldar delantero, podían ser chicanos o latinos poseedores de una visa legal que ya estaban adecuados a los modales de los gringos, y no había por qué molestarlos. Por otra parte, de acuerdo con los reglamentos, los hombres de la migra tenían que recitar exactamente el texto de sus manuales, y decirlo con cierta cortesía:

—Sus papeles, por favor. Por favor, señor.

Un señor, carente de documentos, no tenía cuándo levantarse. Estaba solo en un asiento para dos personas y aducía que se le habían perdido los anteojos.

—Muévete de una vez. Anteojos, ¿para qué quieres anteojos?, ¿no les basta con el bigote a los mexicanos?, ¿también tienen sitio en la cara para anteojos?

El jefe reprendió con una seña al agente que había querido hacerse el bromista, lo hizo salir del bus y le ordenó que controlase desde afuera la salida ordenada de los ilegales y su ingreso a un camión verde estacionado junto al ómnibus. No había razón para excederse porque los buscados aceptaban las órdenes con mansedumbre. Cuando llegaron a los asientos del centro, los agentes ya habían descubierto a dos muchachos y a una familia entera conformada por siete miembros que aparentemente llegaban de Jalisco.

Usted dirá que no estuvo allí porque no conoce San Diego, porque no es mexicano ni antimexicano y porque los acontecimientos ocurrieron muy lejos de allá donde usted vive, pero no se olvide que la mayoría de los norteamericanos dispone de una geografía diferente a la que se usa en otras partes. Si usted es gringo, es normal; de lo contrario, es étnico, aunque haya nacido en Europa o Brasil. En muchos colegios y universidades, los estudiantes creen que su país se llama "América" y limita por el sur con una nación llamada México de la cual provienen los hispanos. Buenos Aires, Montevideo, Lima, Bogotá y Quito, según eso, están en México... Pero, en cuanto a usted se refiere, de todas formas, venga de donde viniera, nosotros tenemos pruebas de que ese día usted estuvo en San Diego.

Los policías no habían llegado todavía hasta Hortensia, y no podían notar que la muchacha estaba temblando y que las lágrimas se le salían sin que pudiera contenerse, pero el caballero sentado junto a ella sí lo advirtió. La miró un instante extrañado, pero no se decidió a preguntarle por qué lloraba.

No la habría creído ilegal porque la chica era rubia y desafiaba el estereotipo norteamericano según el cual todos los hispanos son "personas de color". Además, en el caso improbable de adivinar que estaba en problemas y de querer ayudarla, eso le habría resultado peligroso.

Por su parte, cuando Hortensia fuera aprehendida no iba a ser enviada solamente a su tierra, sino a encontrarse con su destino. La muerte iba a recibirla agitando pañuelos y tomándole fotos en los corredores del aeropuerto. Como una madre cariñosa, la muerte iba a decirle "ven hijita querida, hace rato que te andaba esperando". La muerte estaba cerca de ella por motivos que ahora desfilaban velozmente por su memoria.

Los motivos de la muerte y los recuerdos se mezclaban en la calle con las hojas rojas y amarillas que inundaban el cielo y la tierra, y estaban sepultando al autobús. Unos meses atrás, en su país, un pelotón de soldados había forzado la puerta de su casa a medianoche. Buscaban a un terrorista, según dijeron después, pero la verdad era que estaban interesados en repartirse la bien surtida tienda que Hortensia y su esposo poseían. Se acercaba Navidad y los militares querían llevar algunos regalos a sus familias. El marido fue asesinado de un balazo, pero a la muchacha no la vieron al comienzo. Cuando terminaban de desvalijar todo lo que encontraron, movieron un mueble y apareció la joven:

—¿Y esta gringuita? ¿de dónde ha salido?... No estaba en el inventario, pero no está nadita mal. Vamos a tirar una moneda al aire para ver a quién le toca primero.

En su desesperación por escapar, Hortensia había levantado el fierro de la puerta y había dado con él en la cabeza del comandante que cayó pesadamente... Después, todo en su vida había sido correr y esconderse, y esconderse y correr a lo largo de un continente largo y colmado de fronteras, arruinado, espacioso y maldito. Había llegado a México con documentos falsos, pero en la última ciudad de ese país, la más próxima a Estados Unidos, tiró a un basurero los papeles y pasó hacia una calle de San Diego, vestida con blusa y jeans y parecida a cualquier otra joven de su edad nacida en el norte. En la esquina de las calles Maple y Main, abordó el bus y fue a sentarse cerca de usted.

No, por favor, no diga usted que las autoridades de los Estados Unidos iban a darle asilo. Los gringos piden pruebas. Necesitan papeles del país de origen en los que el gobierno diga que persigue a esa mujer por disidente, o quieren ver la sentencia exculpatoria de un juez, pero cualquier juez de su país de origen, a ojos cerrados, la habría declarado terrorista. Los únicos que pueden conseguir papeles correctos de disidente perseguido, en ese caso, son los soldados encargados de perseguir a Hortensia a través de las fronteras.

Pero la joven seguía llorando, y el señor sentado a su costado no pudo contener la pregunta sobre su estado de salud.

–No es eso. Lo que pasa es que no tengo papeles. Soy ilegal, y los agentes van a detenerme.

¿Qué hizo usted entonces? Buena pregunta, ¿no? Usted sabe que según las leyes de inmigración, a los ilegales se les envía a su país de origen, pero quienes los ayudan pueden ser considerados contrabandistas de seres humanos y podrían ser enviados a prisión por algunos años.

El hombre miró alternativamente a los soldados y a la mujer que estaba a su lado, y luego no pudo contenerse. Una mueca de cólera se dibujó en su cara. Se puso extrañamente rojo, tan rojo como aquella tarde de otoño en San Diego.

–¡Y qué piensas, estúpida! ¡Qué estás pensando, perra! ¡Cómo se te ocurre seguir sentada a mi lado!

Tal vez me equivoco y de veras usted que me lee no estuvo allí. Quizás tampoco yo estuve. Es posible que esta historia la haya leído en alguna parte, lejos de aquí, pero no la estoy inventando.

Creo que escuché algo similar sobre la Alemania de Hitler a un viejo rabino en la escuela judía de Teología, frente a la de los jesuitas, que yo solía frecuentar cuando era profesor visitante de la universidad de Berkeley. Pero usted y yo estábamos en ese bus, aunque tratemos de negarlo.

Cuando usted va hacia algún lado, no tiene por qué preocuparse porque no pertenece a ninguno de los grupos humanos que sufren o han sufrido persecución y odio. Y, sin embargo, usted comparte el mismo mundo, o acaso el mismo bus, y hay siempre una opción o una tarea que lo está esperando.

A veces la tarea requiere sacrificio personal y riesgo, y entonces usted camina hacia adelante y se encuentra con su destino, lo cual no significa que usted tenga que asumirlo. Significa solamente que usted va a saber exactamente en qué mundo está viviendo y quién es usted de veras.

Creo recordar que el rabino de Berkeley nos decía que uno no ejercita la libertad solamente haciendo lo que uno quiere. La cobardía, por ejemplo, no es un ejercicio de la libertad. Pero cuando usted acepta la tarea que el destino le ha puesto delante, entonces usted se convierte en una persona libre. Quizás esa sea la única forma de ejercer la libertad Puede ocurrir en Munich, en Santiago de Chile, en Buenos Aires, en Lima, en Arkansas, en Miami, en cualquier lado y momento en que por cualquier motivo se odie o se torture, se maltrate o se viole, se insulte o se persiga, se encarcele o se asesine a alguien que viene al costado de usted, sentado dentro del mismo mundo.

—¡Estúpida!...! ¡Y se te ocurre decírmelo a estas horas!

El hombre no podía contener la ira, y cuando los agentes de Inmigración se acercaron a preguntarle por qué armaba tanto escándalo, levantó sus papeles de identidad norteamericana con la mano derecha mientras seguía gritando:

—¡Llévensela! Mi mujer ha olvidado sus papeles otra vez... y otra vez vamos a perder el tiempo en la oficina de ustedes... y yo estoy que me muero de hambre. Ella siempre hace esto... ¡Ustedes deberían llevársela para que yo vuelva a ser soltero!

Los agentes rieron, hicieron una broma, mascaron más chicles y bajaron del carro. Años después, en Oregon, Hortensia Sierra contaba que nunca había vuelto a ver a su benefactor. Ni siquiera supo alguna vez su nombre. Se lo contó a alguien que me relató la historia con algunos detalles adicionales, y por eso conozco algunos secretos de usted, y le pregunto de nuevo: ¿está seguro de que nunca ha estado en San Diego?

El programa de Dios

El Señor es mi pastor; y nada me faltará. Siempre me ha gustado el Salmo 23, pero repetir este y los otros en voz alta, y volverlos a leer muchas veces durante varias horas, no me parecía nada agradable. Además, La Luz en el Camino es una iglesita sin ventilación, parecida en el tamaño a una torta de novia, y en ella se estaban hacinando cerca de noventa personas. Por si todo esto fuera poco, afuera comenzó a llover, y la temperatura en el templo se hizo insoportable.

–Voy a leer uno tras otro los salmos, y usted tiene que repetir conmigo –me había pedido uno de los fieles de la congregación, y desde hacía más de una hora estábamos dedicados a eso. Cada vez que leíamos un salmo, la gente coreaba–: ¡Gloria a Dios! –y frente a nosotros, sentada sobre una silla de ruedas, una mujer inmóvil nos miraba con ojos que expresaban asombro y miedo.

Francamente, a veces no recuerdo qué fue lo que nos obligó a asistir a ese culto religioso aquel domingo. El profesor Maya y yo habíamos sido invitados a esa iglesia muchas veces, pero siempre encontrábamos una excusa razonable.

No había sido tan fácil porque el pastor Abraham Cabanillas es un hombre sencillo, a quien nadie quisiera hacer víctima de un desaire. Nos habíamos conocido en el campus de la universidad donde tanto Salomón Maya como yo somos catedráticos. Don Abraham, inmigrante mexicano, con sesenta años de edad que su flacura disimula muy bien, se dedica a tareas manuales, y nuestra amistad provino de que solíamos encontrarnos en el campus después de las horas de clase, o los sábados, mientras él pasaba la aspiradora por los pasillos o acarreaba bultos de una oficina a otra.

Un día nos había preguntado de qué lugar de México proveníamos porque la mayoría de los inmigrantes de Oregon proceden de ese país, pero al enterarse de que Salomón era colombiano y yo, peruano, se había dedicado a recitar uno por uno los nombres de los equipos de fútbol que participan en los campeonatos de nuestros países, y que nosotros lamentablemente desconocíamos.

Después nos llevó a su casa a cenar, y nos presentó ante doña Paulina, su mujer, como "dos doctores que prestigian a los latinos de Oregon". Don Abraham y sus padres habían llegado en los años cincuenta a los Estados Unidos. Hombres del campo, los Cabanillas viajaron de estado en estado trabajando en las cosechas hasta que se quedaron a residir en Oregon donde el pequeño Abraham estudió y culminó la escuela elemental, y decidió continuar la secundaria.

–Quería estudiar *High School* para después llegar a la universidad, hacer estudios de Teología, y por fin llegar a ser pastor. No pude hacerlo, pero ya ve usted, cuando se cierra una puerta, Dios nos abre la ventana.

"No malgastamos el dinero de los contribuyentes en educar a los mexicanos", había respondido el director del colegio, y el joven Cabanillas insistió en su empeño cada año hasta que tuvo dieciocho, pero la respuesta fue siempre la misma.

–Entiendan, por favor. Las escuelas públicas no reciben suficiente dinero del Estado. Bastante es que ofrezcamos educación primaria a los jóvenes de México, pero no tendríamos dónde ponerlo en secundaria. No hay clases para gente de color.

–Repita por favor: *Me guiará por sendas de justicia* –y yo repetía el salmo mientras me asaba de calor y me preguntaba por qué había venido esta vez, y seguía recordando la historia del pastor.

En los años sesenta, el joven Cabanillas tuvo que dedicarse, como su padre, a los trabajos del campo y satisfacer sus aspiraciones culturales haciéndose autodidacta, lector de la Biblia y de *Selecciones del Reader's Digest*.

Ahora, hacía veinte años que era conserje en Western Oregon University, y eso, en cierta forma, le permitía cumplir con algunos de sus sueños porque el trabajo tenía horas libres y, durante ellas, podía leer en la biblioteca. Aparte de eso, Salomón y yo lo habíamos invitado a escuchar nuestras clases sin el requisito de matricularse.

–Hacen mal en permitir en sus clases a personas que no han pagado. La universidad pierde dinero de esa manera, y eso puede ser muy mal visto aquí, –nos había advertido un colega norteamericano.

–Repita: *Me guiará por sendas de justicia* –y yo repetía aunque el calor me achicharraba, y se me cruzaba el mal pensamiento de que, a lo mejor, en vez de hallarme dentro de una iglesia, me encontraba en el camino que baja hacia el infierno.

Tiempo atrás y ya como trabajador de mantenimiento, Cabanillas había conocido a otros mexicanos pobres como él y, por igual, desarraigados de su tierra y de sus costumbres, y les había propuesto fundar un templo evangelista. Con el aporte de todos, que no era muy grande, alquilaron un billar abandonado y lo convirtieron en iglesia. Allí se reunían dos noches por semana y el domingo durante toda la mañana para leer la Biblia y escuchar las prédicas de don Abraham.

–Para predicar la palabra de Dios, no se necesita un título universitario. Basta con abrir el oído y tratar de escucharla –aseguraba el improvisado pastor, pero de todas maneras estaba siguiendo estudios formales de religión por correspondencia.

Las limosnas de los fieles apenas servían para pagar el arrendamiento del local, pero aun así durante las pláticas dominicales la comunidad elaboraba planes muy ambiciosos. Alguna vez, soñaban, iban a comprar el local y lo reconstruirían por completo. Se llegaría a parecer a la famosa Catedral de Cristal de California que habían visto en la televisión. Dios tiene un programa para cada persona y para cada grupo de personas que se reúnan en su nombre, aseguraban. Reconstruir el viejo edificio estaba en el programa de Dios, y ese programa –como todo el mundo lo sabe– tiene que cumplirse porque es como un sueño que todos estamos soñando a la vez.

–*Oye, oh Dios, mi clamor. Escucha mi oración.* Ahora le toca a usted. Repita, por favor.

Pero antes de que La Luz en el Camino llegara a parecerse a la Catedral de Cristal, había que aceptar algunas pruebas e inclemencias. La primera consistía en subsanar un problema con las tejas que se caían de puro viejas y, por ello, con mucha frecuencia se producían goteras.

Entonces, uno de los miembros de la grey, Martín Rodríguez, que trabajaba como auxiliar en construcción de casas, ofreció su apoyo para edificar un techo nuevo. Claro que para ello había necesidad de hacer algunos sacrificios, como dejar de comprar algunos bienes no indispensables y destinar el ahorro personal para el templo. A esa tarea estuvo dedicada la comunidad durante todo un semestre y, al final, con el apoyo de todos, se terminó de adquirir las tejas y el material de construcción que eran necesarios.

Después de eso, y trabajando sin ayudantes encima del templo, a Martín le habían bastado cuatro semanas para terminar la obra que aparentemente había resultado un éxito. Con las paredes pintadas de blanco y un techo nuevo y rojísimo, la pequeña casa de oración fulguraba a la distancia y quizás su presencia iluminaba la noche y llamaba a los parroquianos y a los ángeles. Nunca las estrellas habían brillado con tanta luz en el pueblo de Independence, Oregon.

—Con el apoyo del Señor, tendrán que pasar cien años antes de que se vuelvan a producir goteras –dijo Martín al final de su tarea. El joven era soltero, había llegado de Guanajuato y había aprendido a leer y escribir en la misma iglesia con el apoyo de algunos hermanos catequistas.

Quizás Martín había trabajado sin ayudantes porque era tiempo de cosechas y no quería obligar a sus amigos a dejar las tareas del campo para apoyarlo; talar pinos era para ellos la única fuente de recursos. O tal vez no era así, y se había pasado todo el tiempo encaramado sobre el templo para convertirse en un solitario héroe de la comunidad. El albañil era muy pequeño de estatura y, posiblemente, quería parecerse al estereotipo del mexicano. Debido a eso se había dejado crecer bigotes, pero le habían salido ralos y amarillos, y por todo ello sus amigos lo llamaban gato techero.

Ahora que hago memoria, la inauguración del techo fue la razón por la que acudimos al templo aquel domingo. Con dos semanas de anticipación, don Abraham nos había dicho que deseaba tenernos en la ceremonia.

Estábamos buscando una excusa, pero dos días antes del domingo, un nuevo motivo, esta vez muy triste, nos obligó a acudir.

—Tómelo como un favor personal –me dijo por teléfono el pastor, quien también había hablado con el profesor Maya–. Ahora ya no se trata solamente de la inauguración del techo. Paulina, mi esposa, va a ser internada el lunes en el hospital, y la comunidad quiere darle una despedida. No sabemos lo que venga después. Los médicos no son muy optimistas, y me han dicho que tal vez va a estar un buen tiempo internada, o puede ser que ya no vuelva a casa... Será lo que el Señor disponga. A ella la vamos a llevar al templo en silla de ruedas. No se moverá, pero podrá escucharnos. ¿Verdad que usted vendrá también?

Conocía a Paulina, y siempre me había parecido joven y saludable. La primera vez que don Abraham nos llevó a su casa, esa había sido mi impresión. En realidad, cenando juntos los cuatro éramos un extraño conjunto. Salomón Maya era profesionalmente doctor en Historia de las Religiones, culturalmente judío y religiosamente descreído. Por mi parte, soy católico practicante, y no me siento muy feliz cuando algún protestante fanático intenta "convertirme" al cristianismo. Lo que no sabíamos era que en materia religiosa la pareja no estaba completamente de acuerdo; al parecer, doña Paulina se proclamaba atea.

Veinte años menor que su marido, ella tenía un origen bastante diferente. Había hecho estudios universitarios en la ciudad de México, tenía ideas de izquierda y había llegado a los Estados Unidos con la esperanza de triunfar en el canto lírico e incluso de ser profesora de música, pero la falta de una visa de inmigrante y de un certificado de estudios norteamericano le habían impedido cumplir con sus sueños y había tenido que dedicarse a cuidar niños y ancianos.

—Repita: *Porque él me esconderá en su tabernáculo en día de mal. Me ocultará en lo reservado de su morada. Sobre una roca me pondrá en lo alto.*

—¡Gloria a Dios!

Además de eso, la entidad recaudadora había caído sobre ella, y le habían exigido el pago de impuestos adeudados desde su llegada al país. Por último, había tenido que optar por la solución más adecuada para resolver sus problemas legales, que consistía en casarse con un ciudadano de este país, y aquel, por supuesto, le había cobrado una buena cantidad de dinero por darle el sí frente a un juez.

Pero allí terminarían sus desgracias. El "ciudadano", había desaparecido súbitamente, y un día Paulina leyó en un periódico que había muerto en una pelea entre dos bandas de traficantes de drogas.

El hecho había ocurrido cuando se cumplían dos años de la boda, y en consecuencia la señora podía solicitar la ciudadanía, pero sin la presencia del esposo aquello se tornaba casi imposible. Es más, podía ser envuelta por la policía en las acusaciones que ya existían contra su marido. ¿Qué alegar en esas circunstancias? ¿Que no era su marido de verdad? ¿Que se habían casado para engañar al Estado?

—*El Señor es mi luz y salvación. ¿De quién temeré?* Repita, por favor.

En esos momentos, había aparecido Abraham Cabanillas en su vida. Se habían conocido en la universidad casualmente; habían trabado una conversación de circunstancias motivada por el hecho de que procedían del mismo pueblo de Jalisco, y por fin el pastor la había invitado al templo.

–Mire usted, Abraham. Le agradezco por la invitación, pero voy a decirle la verdad. Nací católica y, en la universidad, me hice atea. Por otra parte, en estos momentos me siento terriblemente mal. No creo que mi presencia pueda servir de algo en su iglesia...

Eso se lo había dicho hacía diez años. En el tiempo en que los conocí, ambos estaban casados y no tenían hijos. Además, ella podía asistir a la universidad, trabajar en un periódico en castellano y cantar en la iglesia, pero según confesaba de vez en cuando, a pesar de su gran amor por don Abraham, sentía que continuaba siendo atea.

Ahora, daba la impresión de que doña Paulina estaba realmente muy enferma y acaso no iba a durar hasta que se cumpliera el programa de Dios, y por eso acepté de inmediato la invitación aunque don Abraham no supiera darme el nombre ni los detalles del mal que se iba a llevar a su esposa. Vagamente me explicó que se trataba de una afección al cerebro, y que los cirujanos iban a tener que operarla. No le prometían nada. En esos momentos, la señora se encontraba por completo paralizada, y no se sabía si ello le ocurría debido a la enfermedad o tal vez a un miedo muy intenso.

Así la había llevado a la iglesia y así había comenzado todo. Tanto el profesor Maya como yo llegamos un cuarto de hora antes de que comenzara el culto. Eso nos permitió conversar con el pastor y tratar de saludar a la enferma quien tan sólo nos respondió con un nervioso guiño de ojos.

–Voy a ser excesivo pidiéndoles favores, pero deseo que usted, doctor Maya, hable de su experiencia religiosa. Usted, doctor, lo hará en otra ocasión. ¿No es verdad?

Un breve silencio había seguido a la propuesta, y luego el anuncio:

–Queridos hermanos, el profesor Maya se va a referir hoy a los poderes de la oración. Le vamos a pedir que nos diga qué es lo que le está dado al hombre pedir y qué es lo que puede alcanzar, cómo le llega al Señor nuestra señal y a qué ángeles les encomienda ayudarnos. Creo que usted enseña eso en sus clases en la universidad, ¿no es cierto?

Quizás Maya iba a aclarar una vez más que era un académico, y que ofrecía una historia de la religión con fines antropológicos pero sin una normatividad acerca de la oración, y sin embargo se contuvo. Tal vez la visión de la enferma inmovilizada y la atención que la gente le dedicaba a él mismo se lo impidieron. Vaciló un instante, corrigió un inicial ronquido en su voz, y comenzó a hablar.

Primero, el profesor leyó a los oyentes algunas páginas que contenían la bibliografía. Después, como es obligatorio entre los oradores gringos, tenía que hacer una broma:

–¿Qué les parece si comenzamos hablando sobre la clásica discusión teológica entre Striedman y Schloesberger? –preguntó, y añadió–: Discutieron diez años sobre la existencia de Dios, y terminaron por dudar de su propia existencia, tal vez por anularla, y ahora ya no existen. Ja, ja, ¿qué les parece, no?

Pero nadie hizo coro al ja, ja, porque no había en el auditorio quién conociera a los autores mencionados.

El profesor sabía, por supuesto, que la mayor parte de la congregación estaba constituida por trabajadores del campo que apenas habían terminado los estudios primarios, y que casi la mitad de ellos habían sido recientemente alfabetizados, pero lamentablemente los académicos hablan un solo idioma, o una jerga que apenas les sirve para comunicarse entre ellos en congresos. De todas formas, democráticamente preguntó:

–¿Sobre cuál de estos teólogos quieren que me ocupe primero?

–A mí me gustaría, hermano, que nos explicara cuántas veces se debe rezar al día y a qué horas y qué es lo que se puede pedir al Señor y qué es lo que no hay que pedir.

Desconcertado, el doctor Maya se refirió entonces al significado del texto sagrado y a la interpretación hasídica sobre el mismo. El calor estaba a punto de derretir las paredes del templo en esos momentos, pero el orador, entusiasmado por sus propias palabras, parecía alejado por completo de la realidad del ambiente.

–¡Gloria a Dios!

El hombre estaba tan enamorado de su propio discurso que ya no se fastidiaba cuando lo interrumpían en cada final de frase dando glorias al Señor. Don Abraham, serenísimo, parecía seguir el discurso con cierta perplejidad. Además, como un gesto de cortesía para el doctor Maya, se rascaba la cabeza con frecuencia para dar la impresión de que estaba digiriendo el discurso.

Solamente Martín Rodríguez asumía otra actitud. El constructor no tenía por qué disimular que no entendía ni una sola palabra. Haber terminado el techo lo convertía en un personaje muy importante. Solamente sonreía. Se sabía el héroe de la jornada. Se pavoneaba. Cuando el orador llegó a la media hora de explicación científica, Martín comenzó a pasearse por el auditorio mirando atentamente al techo como si temiera que se fuera a desplomar de súbito.

No sé qué pensaría doña Paulina. Habían colocado su silla de ruedas en el centro del templo, y se la podía distinguir desde cualquier lugar, pero no se le hubiera podido descubrir un rictus de tristeza sino de curiosidad. Alternativamente miraba al orador y casi sin mover la cabeza seguía con los ojos el paseo de Martín por la iglesia.

Se la veía muy pálida. Parecía haber estado enterrada ya. Tal vez su alma ya no estaba dentro de ella o quizás pugnaba por salir. Me pareció que quizás había sido una imprudencia llevarla al templo, o acaso un acto sabio y generoso para que falleciera al lado de los suyos y no entre las paredes grises de un hospital, y por el silencio de la comunidad, era posible que todos estuviéramos pensando en lo mismo. Todos, menos el profesor de Historia de las Religiones y Martín.

Era ostensible que Martín estaba repleto de oronda alegría hasta más no poder. Hubo un momento en que ya no se pudo contener, y empujó los labios hacia adelante hasta formar una trompa que le servía para mostrar a quien lo mirara la magnificencia del techo. Estaba nuevecito. Iba a durar cien años, acaso mil, tal vez hasta el día del Juicio. Ese fue justamente el momento en que me pareció sentir que una gota de agua caliente caía sobre mi cabeza. Tal vez aquella era la sensación del Pentecostés, o del Espíritu Santo aleteando sobre mí.

El orador explicaba en ese momento que, de acuerdo con las tradiciones hasídicas, un texto sagrado no solamente describe, sino que contiene el evento que relata. Si uno lo lee con devoción, el acontecimiento puede ser llamado otra vez y otra vez devuelto a la existencia.

–¡Gloria a Dios!

–¿Quiere usted decir que podemos escuchar otra vez a los profetas, y verlos, y rogarles que recen con nosotros?

El único que se sentía capaz de hablar era Martín, y fue él quién le pidió al Dr. Maya su opinión, pero el profesor prefirió no entrar en diálogo con el público y terminó secamente su intervención académica.

Ese fue el momento que Martín no podía dejar escapar:

—Si eso es así, no comprendo por qué razón vamos a dejar que doña Paulina siga sufriendo, o que se la lleven los médicos. Voy a pedirle al otro doctor que venga conmigo a leer los salmos frente a ella. Estoy seguro de que la hermana va a curarse si le leemos todo el libro de salmos.

—¡Gloria a Dios!

Creo que ese pedido había sido hecho a las diez de la mañana. Ahora ya era la una de la tarde, y yo continuaba leyendo al compás de Martín:

—Repita otra vez: *No temerás el terror nocturno. Ni saeta que vuele de día. Ni pestilencia que ande en oscuridad. Ni mortandad que en medio del día destruya. Caerán a tu lado mil, y diez mil a tu diestra, mas a ti no llegará.*

La monótona repetición me había sumergido en una suerte de éxtasis. Era la primera vez que acudía a aquella iglesia, y tenía que aceptar sus formas de practicar el culto, pero de repente algo parecido a una segunda gota de agua caliente me hizo volver al recuerdo. ¿Era acaso una revelación del Espíritu Santo? Algo me hizo pensar que, en vez de un milagro como aquel, la gota provenía del techo recientemente cambiado, había sobrepasado las tejas destinadas a durar un siglo y traía la caliente temperatura de afuera.

Pero también podía ser una falsa sensación térmica. El vaso de agua con que me ayudaba a refrescar la garganta y evitar la ronquera estaba horriblemente caliente.

—Pues a sus ángeles mandará cerca de ti.

En ese momento, me pareció que doña Paulina había sonreído. Imposible que lo hiciera con el calor que soportamos y su estado de nervios, pensé, pero ocurrió algo más: del lado donde se hallaba la enferma, comenzó a brotar un ronquido que me parecía el de la muerte y que luego se convirtió en algo así como un quejido, que por fin no era un quejido sino una risa incontenible y contagiosa. La hermana Paulina reía, y no podía dejar de hacerlo.

La observé mirar alternativamente el techo y mi cabeza. Entonces comprendí. Desde una gotera surgida en el indestructible techo construido por Martín, la lluvia trataba de entrar en la iglesia, y una tras de otra, las gotas habían estado cayendo sobre la calva superficie de mi cabeza.

Tampoco yo pude contener la risa. La señora Cabanillas se reía ahora a mandíbula batiente, y lloraba de risa. No pudo aguantar ese estado, y se levantó de la silla, dio unos pasos y fue a abrazar a su esposo, don Abraham:

—Siquiera préstale un sombrero a don Eduardo.

Los hermanos tampoco podían contenerse. Los únicos que no reían eran don Abraham y Martín, el gato techero.

Nadie comentó el hecho de que doña Paulina podía ahora caminar y reír, y hasta burlarse de mi calva, y acaso comenzar a creer en la Palabra. Al pastor Cabanillas, nada de eso le pareció asombroso, ni siquiera que su mujer dejara la silla de ruedas y saliera corriendo del templo a llorar de risa en la calle. Acaso tampoco se dio cuenta de que aquella tarde, los pájaros volaban transparentes en Oregon, y todo se tornaba misterioso, los aires verdes, la luz purísima, las montañas cristalinas, los árboles dorados, los cielos rojos y las rojas tejas de "La Luz en el Camino".

Lo cierto es que, al día siguiente, el médico no encontró razón para que la paciente se internara, y hasta ahora sigue extrañado e interesado en saber qué ocurrió con el infarto cerebral que había diagnosticado y que no apareció más en ninguno de los nuevos exámenes que ordenó practicar.

Lo único que recuerdo es que al final de la ceremonia, don Abraham llamó severamente la atención al gato techero por ser un pésimo constructor, y le ordenó hacer oración todas las noches, cambiar su material y tomar lecciones de matemáticas en la escuela de adultos.

Sé que doña Paulina sigue cantando en la iglesia, y por mi parte repito de rato en rato *El Señor es mi pastor; y nada me faltará*. Generalmente lo hago cuando me falla la fe y me falta amparo en esta vida. *El Señor es mi pastor*, repito, y pienso constantemente que el texto llama a los acontecimientos. Por fin, ayer escuché una gentil oferta de Martín para arreglar mi tejado. Lo encontré a la salida de la universidad. "Ya debe de cambiarlo porque está un poco viejo. Usted solamente tendría que poner el material" –me dijo.

–No, gracias –le contesté.

Esta es tu vida

"Me vas a tener que contar tu vida para saber lo que has estado haciendo todo este tiempo. Tienes un poco menos de pelo y algunos surcos verticales en la frente, pero, Dante, no has cambiado nada. Eres el mismo chiquillo que se sentaba en el último asiento de mi clase y aprovechaba de algún descuido mío para lanzar aviones de papel contra los chicos de adelante".

Busqué en todo el escenario para descubrir de dónde venía la voz, aunque parecía llegar de todas las partes y continuaba describiéndome:

"Tiene gracia... Recuerdo que una vez tú y tu amigo Cayito Cabrejos juraron ser los primeros hombres que viajarían a la luna, y vinieron a comunicármelo. *Tendrán que ser aviadores*, les dije, pero tú respondiste que emplearían la técnica de Flash Gordon, es decir que se desmaterializarían. ¿Te has desmaterializado ya, Dante?".

Sin proponérmelo, me había puesto de pie y, en esa posición, me veía en un teatro enorme rodeado de gente que me observaba con atención y que también dirigía la vista hacia las ventanas y hacia el cielo tratando de ubicar de dónde procedía esa voz.

Increíble. Era la voz de mi maestro de primaria. Marino era su nombre, pero nosotros lo llamábamos, sin que él nos escuchara, *malo, marino, maligno, maldito, malhechor, canalla* y *verdugo* cuando nos castigaba por no saber la lección o, sencillamente, cuando de una sola mirada adivinaba lo que estábamos pensando, o cuando parecía estar en todas partes a la vez y sabía por qué razón no teníamos lista la tarea y qué habíamos estado haciendo durante el fin de semana.

El maestro de ceremonias levantó una cortina roja y debajo de ella apareció don Marino, mucho más delgado de lo que había sido antes, pero igual de ágil y veloz. En unos cuantos pasos, llegó hasta el sitio donde yo me encontraba como cuando corría hasta mi asiento para castigarme, pero lo único que hizo fue extender sus brazos hacia mí, y entonces lo vi, añoso, acabado, viejecito, caduco y dueño de una mirada que por primera vez era dulce.

Nos encontrábamos mucho después de cuarenta años y en un país completamente ajeno al nuestro, y no sabíamos qué vendría después. Supongo que la gente aplaudía y no terminaba de aplaudir mientras nosotros nos abrazábamos, y probablemente uno de los dos dejó caer algunas lágrimas.

–"Esta es tu vida", el más humano programa de la televisión en español, está presentando, como todos los domingos, otro episodio lleno de sensibilidad y amor que será presenciado por cien millones de televidentes en todo el mundo. En nuestros estudios de Miami, acabamos de reunir a Dante León con su maestro, don Marino Rojas, quien ha aceptado venir desde Valparaíso para encontrarse con su discípulo. Este es su primer encuentro con Dante en mucho tiempo y, a sus ochentitantos años, es la primera vez que viene a los Estados Unidos. Como ustedes están leyendo en la pantalla, Dante es todo un orgullo latino. Comenzó desde abajo, y hoy es el vicepresidente de una gran empresa de publicidad de este país. Ahora mismo, sus parientes en Chile, sus amigos en Miami y millones de televidentes van a enterarse de cómo ha llevado su vida. Porque, señoras y señores, de eso se trata. Dante se va a encontrar con algunas personas que ama, pero también va a conversar con nosotros, y nos va a explicar algunos de sus aciertos y sus errores, sus virtudes y sus flaquezas; y todos ustedes, incluso los que nos están viendo desde lejos, tendrán opción de preguntarle qué se hace para llegar a ser un latino de éxito en los Estados Unidos. Pero mientras tanto, escucharemos algunos interesantes mensajes de nuestros auspiciadores.

Miré hacia mis acompañantes y me encontré con varias sonrisas cómplices. La gente de mi oficina me había traído al auditorio del Canal Hispano de Televisión con el pretexto de que iban a presentar un "especial" sobre la publicidad en castellano, y me habían hecho creer que nuestra empresa estaba invitada a participar. Ese era el truco para darme esta sorpresa que, a lo mejor, iba a ser sumamente importante en mi carrera hacia la presidencia de La Creación S.A.

Les devolví la sonrisa y volví la mirada hacia el monitor. La pantalla estaba mostrando a una mujer gorda transformada en un sillón rojo con lunares negros. Su cabeza preocupada emergía del mueble mientras una voz en off decía que la dieta es la mejor decisión de nuestra vida. Después, un grupo de gringos, desprovistos de cubiertos, devoraron con las manos unas pizzas que chorreaban grasa sobre sus ropas, y la modelo mostró un detergente que servía para sacar la grasa y proteger así las mejores tradiciones americanas de la comida en familia.

Entonces, comenzaron mis temores. ¿Quién había acordado con el Canal Hispano mi participación en el programa, y para qué?... Claro que era relativamente fácil conseguir que me invitaran porque nuestra empresa le da a la tevé millones en publicidad cada mes, pero ¿quién lo había hecho? Podía tratarse de Hugo Valcárcel, el cubano de Relaciones Públicas que siempre me había sido leal, y estaba tratando de apoyarme en mi ascenso, pero esta también podía ser una jugada de Jimmy Bezzant, el vicepresidente de la empresa en Canadá, que al igual que yo estaba en carrera por la dirección general de nuestra Creación.

Había visto en alguna ocasión el famoso programa, y recordé que aquel no consistía únicamente en reunir al personaje con sus seres queridos sino que, además, ponía en discusión asuntos de su vida privada. La revelación de un romance o un divorcio daba paso a un inmediato y acalorado debate con el público. Hacían de moderadores un monumental maestro de ceremonias y una centroamericana de pelo rubio pintado que decía haber estudiado Psicología en la universidad de la vida.

¿Iba a ser sometido a semejante escrutinio?... Miré hacia el público y encontré a los tipos que siempre acompañan esta suerte de programas y que, probablemente, iban a ser mis inquisidores. Al fondo, vestidas de traje sastre, tres señoras redondas parecían venir en nombre de la moral pública y las buenas costumbres. Adelante, un hombre calvo con cola de caballo y dos señoras gringas vestidas de pioneras representaban la opinión de los ciudadanos políticamente correctos, y ellos probablemente me iban a inquirir si todas las razas estaban representadas en mi empresa. Por su parte, al extremo izquierdo, dos caballeritos con tatuajes me preguntarían si alguna vez había montado una motocicleta, y un profesor con anteojitos redondos de pervertido, sentado en las bancas de adelante, daría un discurso sobre las connotaciones sexuales del programa.

Solamente me parecieron simpáticas unas quince chiquillas con blusas blancas y falditas cortas que seguramente iban a gritar "guauuuuuuuuu" cada vez que se produjera un hecho sorprendente. Pero todavía el gran salón auditorio no estaba colmado, y los conserjes hacían pasar a los que llegaban tarde. Creí divisar algunos rostros conocidos entre los recién llegados. Y, mientras tanto, una vez más apareció el sillón con cabeza de mujer, pero ahora, por medio de un truco televisivo, adelgazó repentinamente, y en vez del mueble apareció una dama de mediana edad que revelaba haber perdido "cuarenta libras de peso" gracias a un sensacional tratamiento. Lo confesaba entre sollozos y añadía llorando que ahora se había convertido en una sensación erótica y que tenía que andar huyendo de los ojos libertinos de su esposo.

Entonces el maestro de ceremonias hizo una profunda reverencia y declaró que, aparte de la aparición de don Marino, el programa me reservaba tres sorpresas detrás de las tres puertas que estaban cerradas en el escenario.

–Están ustedes viendo que la puerta de la izquierda tiene grabado el dibujo de un caballete de pintura. La flor impresa en la del centro es un copihue. Lo que se ve en la tercera puerta es, por supuesto, la estatua de la Libertad de Nueva York. Vamos a abrir las tres puertas, pero en orden, y será Dante León quien decida dónde quiere entrar primero.

Los símbolos eran muy obvios como para que yo no comprendiese adónde iba todo esto. Al comienzo, me endulzarían la noche con recuerdos hermosos. El caballete de pintura y el copihue, la flor nacional de Chile, servirían para mostrar, tras la primera y la segunda puerta, escenas de mi larga y desgarbada patria. La gente me haría preguntas sobre Antofagasta y el salitre, las gaviotas y las olas, el desierto y los cielos de Chile.

–¿Lo está pensando todavía? Recuerde que lamentablemente no podemos esperarlo mucho. La tiranía del tiempo, usted sabe.

Antes de que el maestro de ceremonias insistiera, señalé el copihue. Entonces dos señoritas rubias, dueñas de unas piernas pecosas y de rodillas muy pálidas, fueron hasta mi butaca y me tomaron cada una de un brazo para encaminarme hacia la puerta señalada.

Me sentía como un borracho al que lo llevan de los brazos, pero los aplausos me reanimaron y di algunos pasos seguros. Me permití piropear a una de las modelos y, sin hacerme de rogar, abrí la puerta del copihue.

Como lo había presentido, dentro había otra puerta, y sobre ella el mapa delgado de mi patria. Un botón encendido señalaba el nombre de mi pueblo, Antofagasta.

¿Se atreve a oprimir ese botón?

Claro que me atrevía, y lo hice. Entonces cayó el resto del escenario y me encontré en el desierto, solo frente a la tierra susurrante y junto a una foto gigantesca de la casa de mis padres. El público me vio entrar allí, pero les daba la espalda y no percibieron que cerraba los ojos para saber algo acerca de mis padres.

Cerré los ojos, y supe dónde se encontraban realmente y desde dónde me estaban mirando. Vi a mi padre, en su bufete de abogado, devolviéndole la paz y la alegría a un cliente triste. Vi a mi madre dándome vitaminas para que creciera sano y fuerte. Los vi avanzando hacia mí desde el mar, donde un día habremos de reunirnos. Una luna inmensa estaba detrás de ellos, pero ellos no vivían en la luna, y sin embargo, observando cómo llenaba el cielo la luna solitaria, entendí cómo era el cielo y sentí que quería quedarme allí con mis padres.

—No se deje atrapar por los recuerdos —me advirtió el maestro de ceremonias— porque ahora viene otra de las grandes sorpresas de la noche. Mire quiénes están sentados enfrente de usted. No se demore en ir hacia ellos porque ellos lo han estado esperando durante todo este tiempo...

Mis hermanos también habían llegado... Los habían traído los organizadores del famoso programa, y yo me dije que cualquier cosa que después me esperara en la vida, o en el escenario, bien valía la pena vivirla si alguna vez había sido niño y había crecido en una familia tan maravillosa.

Casi no hablamos, pero la voz meliflua del locutor explicó a la audiencia que la familia León había llegado en diferentes vuelos. Rafaela vive en Montevideo y Manuel en Buenos Aires. Por su parte, Teresa trabaja en una escuela cercana a Valparaíso, mientras que Adriana y Pilar residen en el Perú.

Ante una probable seña del animador, el coro de las chicas gritó:"¡¡¡Guauuuuuuuuuu!!!", y el programa sufrió un breve intervalo comercial para mostrar a un caballero que se acostaba calvo y amanecía pelirrojo, y declaraba agradecido que eso se lo debía a unas cápsulas de gingseng rojo.

Entonces, uno de los caballeritos con tatuajes preguntó:

—¿Y los hermanos de Dante, por qué están en todas esas ciudades? ¿Por qué no viven todos en América?

—¡No seas imbécil! Todas esas ciudades quedan en América –replicó un señor de anteojos que parecía perpetuamente enojado.

—Esta bien, señor culto. Pero, ¿por qué no los ha traído a América?... Él ya ha conseguido la ciudadanía de este país, y pudo haberlos pedido. Con el pedido de un ciudadano, la familia consigue la visa de inmediato.

Entonces le tocó el turno a una mujer de pelo cortado muy pequeño que venía con los amigos de sexo más o menos indefinido:

—Los latinos son en su mayoría racistas y homofóbicos –dijo–. Y por eso las familias se dividen. Probablemente, la mayor parte de la familia León prefirió continuar viviendo en países con tradiciones patriarcales. En cambio Dante se vino a vivir en América, y esa es la razón por la que ha triunfado en la vida.

Quise intervenir para decir que no compartía ninguno de esos puntos de vista, pero antes de comenzar ya me estaba interrumpiendo el locutor. Apuntando con el dedo a mi hermana Adriana, le preguntó:

—¿Y qué se siente de tener a un hermano tan famoso que aparece en la televisión, y a quien, en este mismo momento, todo el mundo lo está viendo?

—No es nada nuevo –respondió Adriana, quien siempre ha sacado la cara en nombre de los míos–.

También en nuestro país Dante era famoso, y en algo que vale más que la publicidad. Dante era un excelente pintor, y a los veinticuatro años de edad, ya había ganado el Premio Nacional de las Artes.

—¡¡¡Guauuuuuuu!!!... ¡¡¡Guauuuuuuuuu!!!...

Esta vez las chicas me salvaron de otras preguntas idiotas. El locutor dijo que, justamente, eso le había dado la idea de pedir que se abriera la puerta donde se veían el pincel y el caballete.

—Pero antes, unos consejos de los auspiciadores.

La mujer que había salido del sillón se levantó y paseó por todo el escenario mientras un monitor gigante mostraba que las arrugas habían desaparecido de su rostro. Luego se levantó las faldas y enseñó unos muslos lisos que, según explicaba un hombre vestido de doctor, habían estado antes "algo encarrujados". Todo ello había sido posible gracias a la crema limpia-arrugas de la Farmacia Santo Remedio.

Tal vez por el temor de volver a convertirse en sillón, la dama que había sido sillón no quería ir a sentarse, y continuaba dando vueltas por el escenario mientras se escuchaba un vals parecido al Danubio Azul. De pronto me miró fijamente hasta asustarme: a lo mejor, o a lo peor, esa mujer pensaba sacarme a bailar, y yo no iba a poder impedirlo.

Pero no, era imposible que los operadores del Canal Hispano quisieran hacerme una broma de ese calibre. No podían ser insolentes con alguien como yo que había llegado a la cúspide de la empresa donde trabajaba. Éramos tres vicepresidentes colegiados, uno por Canadá, otro por Estados Unidos, el último por América Latina, y ese era mi puesto. Por eso me consideraban un "orgullo latino". Nuestra empresa hacía los comerciales de automóviles, bancos, gasolinas, bebidas gaseosas y hoteles líderes del mercado. No, no, una broma era imposible. Más bien, podían deslizar una revelación incómoda sobre un secreto bien guardado de mi vida. Pero, ¿qué tal si el gordo, el untuoso, el romo Jimmy Bezzant hubiera sido el organizador de todo este tinglado para ponerme en ridículo y lograr que yo perdiera la presidencia de Creación? Sospechosamente, la mujer que había sido un sillón seguía avanzando hacia mí.

Pero el reloj me salvó. Se habían cumplido los minutos de los comerciales, y las dos jóvenes de las rodillas pálidas vinieron a llevarme hasta mi nuevo destino, la puerta del caballete y el pincel. Aquella se abrió ante mí y me dejó pasar hacia un nuevo escenario: una pintura gigantesca de un paisaje marino. Era una tela que había pintado yo hacía treinta años.

De espaldas al público y frente a la tela, sentí que otra vez, como hacía treinta años, me encontraba de pie sobre un acantilado de la costa mientras pintaba en el lienzo las olas de un mar tenebroso, y dentro del mar, una isla, y dentro de la isla, un poblado, y dentro del poblado una iglesia, y en la puerta de la iglesia debería aparecer la imagen de una muchacha, pero sólo se dibujaba la sombra blanca de su cuerpo.

Me acordé de la joven que había posado para el lienzo, pero su imagen había desaparecido. Treinta años atrás, le había rogado esperarme durante un año o dos en Antofagasta mientras yo me abría camino en los Estados Unidos, pero me había tardado mucho más que eso. Le escribí durante algún tiempo hasta que mis cartas perdieron convicción, después no me consideré digno de ella y por fin dejé que pasaran los años... Pero yo recordaba haberla pintado y, ahora ni siquiera su imagen aparecía en el lienzo desvaído. No aparecía Beatriz para guiarme por los cielos. No aparecería más, pensé, y comprendí que sin ella me había quedado solo en el planeta. Solo, desierto, sin amparo.

–Todo hombre elige su destino, y a veces hasta lo pinta –gritaba a voz en cuello una voz que podía ser la de un ángel funesto o la del maestro de ceremonias.

–La encontramos en subasta en una oficina de notario en Viña del Mar. Estaban vendiendo los bienes del difunto, y pagamos menos de cinco dólares por esta tela que Dante León estaba pintando cuando se marchó de Antofagasta.

–¡¡¡Guauuuuu!!!

Ahora, los millones de televidentes aprenderían algo de lo que había hecho para vivir en los Estados Unidos. Había renunciado a ser un artista para llegar a ser un "orgullo latino". Por supuesto que en la empresa publicitaria donde trabajaba había ocultado celosamente mi vocación por la pintura. Los gerentes no la habrían entendido porque los gringos están acostumbrados a que uno sea una sola cosa a la vez, y si alguien es polifacético, los confunde. Ven el currículum y lo juzgan un hombre poco serio, insensato, indigno de trabajar en un país donde todos son especialistas.

Varias cartas malditas me habían estado llegando por ese motivo al trabajo desde mi primer ascenso. En todas ellas, venía la foto de uno de mis cuadros y la fotocopia del catálogo de una exposición en la que había participado. "¿Qué pasaría si tus jefes supieran que has sido un pintor, y como todos los artistas de tu país, tal vez un bohemio, un antisocial, un comunista?". Pero no me exigían dinero; parecían tan sólo empeñados en hacerme vivir en el miedo.

"*Wet back*. O, si no entiendes el inglés, espalda mojada. Vuélvete a tu país", y yo reconocía cada día que todos los inmigrantes podemos ser sujetos de chantaje, desde el campesino pobre, que ha entrado con unos papeles falsos y se aviene a recibir menos paga debido a ello, hasta un alto ejecutivo como yo que había tenido que falsear su vida e ir renunciando poco a poco a lo que más amaba para alcanzar el éxito.

Entonces entendí cuál era el truco del concurso. La estatua de la Libertad es el símbolo universal de la inmigración a los Estados Unidos. Cuando se abriera esa puerta, la tercera, una pantalla gigante mostraría al mundo el carné del Seguro Social que yo había utilizado durante mis primeros años en este país. Alguien me lo había vendido por cincuenta dólares cuando llegué, y se notaba fácilmente que era falso, pero me había servido para conseguir un empleo en la cocina de un Kentucky Fried Chicken.

Después de eso, había aparecido Brenda en mi vida, y con ella la legalidad. Ella era voluminosa, inculta, rojiza, mayor que yo y algo más que aficionada a la copa, pero había aceptado casarse conmigo para que yo pudiera convertirme en ciudadano americano. Sin embargo, no podíamos descasarnos de inmediato porque las autoridades de Inmigración podrían descubrir el truco, y echarme del país.

Por eso teníamos que hacer vida de casados felices, y poner un enmarcado retrato matrimonial en la pequeña sala al lado de la foto de un equipo de béisbol y de una pequeña bandera de los Estados Unidos. No había dificultades entre nosotros porque el trato entre ambos era sencillo, y consistía en que yo le daba la mitad de mi sueldo mensual y ella me ofrecía un espacio algo reducido en su casa y en su vida. Además, me ayudaba a practicar mi inglés y me enseñaba a decir groserías en ese idioma, y aseguraba que eso podría servirme en mi examen de ciudadanía.

Apenas quedaba sitio para mí en el lecho, tan abundante era Brenda, pero yo no descansaba allí todas las noches. Luego de catorce horas de trabajo, regresaba extenuado y mi esposa solamente me ofrecía sitio en la cama en el caso de que estuviera listo para cumplir con mis obligaciones conyugales. Si estaba demasiado cansado para eso, me mandaba a dormir en el carro, un viejo Ford rojo que también le pertenecía.

Nos divorciamos en paz, años más tarde, y ya como ciudadano pude desempeñarme en algo más que trabajos manuales. La educación recibida en Chile y mis habilidades artísticas me habían abierto paso en la publicidad hasta llegar al lugar al que había llegado. Por su parte, Brenda nunca había aparecido por la empresa para recordarme ciertos detalles de mi pasado.

Además, ella vivía en San Diego, en tanto que las oficinas centrales de La Creación se encontraban en Miami, al otro lado de los Estados Unidos. Mi casa estaba situada en una exclusiva zona de Key West, y mis relaciones sociales incluían solamente gente de primer nivel. Sobre mi primer matrimonio, había dejado deslizar la leyenda de una viudez repentina. Después de eso, no había vuelto a casarme.

No se me pasaba por la mente, siquiera, que en nuestro edificio, poblado por lánguidas modelos y ejecutivas elegantes, apareciera de repente su amorfa figura. Pero, ¿qué pasaría si esta noche apareciera en el set del Canal Hispano? En el caso de que alguien –¿el eunuco Bezzant?– hubiera querido ponerme en problemas, habría bastado con ir a buscarla en un bar de San Diego y ofrecerle unos cuantos dólares y un divertido *week-end* en Florida. Justamente, en el momento en que la recordaba, me pareció advertir que los acomodadores llevaban hasta los asientos delanteros a una mujer colorada y regordeta. Me dio la impresión de que llevaba anteojos oscuros y de que me hacía señas con la mano derecha.

Contrariamente a lo que yo había supuesto, la exhibición de mi antigua pintura ampliada sobre una pantalla gigante había sido todo un éxito. Lo hizo notar el maestro de ceremonias:

Tienen ustedes razón. Además de hombre de negocios, Dante pudo ser un artista excepcional. La tela que pintó hace treinta años es tan real que provoca meterse dentro de ese paisaje. Pero no apaguen el televisor porque todavía tenemos una sorpresa para el personaje de esta noche. Le damos una clave: se trata de algo que se mueve... y muy rápido. Y todavía hay más...

Claro que Brenda se movía. Cuando estaba borracha se le daba por bailar el *swing*, y probablemente lo haría ahora. ¿Y todavía había más sorpresas? Además del carné falso, del matrimonio con truco y de la exesposa alcohólica, ¿qué otra cosa iban a exhibir?... Se me ocurrió que el maestro de ceremonias explicaría que los "grandes hombres latinos" también habían tenido alguna debilidad al llegar a este país. Estaba imaginando cómo se iba a referir a lo que una vez me ocurrió en una tienda de Chicago. "Je, je, como verán en la pantalla, un tal Dante León fue multado hace treinta años por robar una camisa en Sears. ¿Qué les parece? ¿Qué le parece a usted, Dante? ¿Se trata de un homónimo, verdad?".

Pero no lo dijo. En vez de hacerlo, anunció otra breve interrupción, pero esta vez no eran comerciales.

–Se trata de un adelanto del programa que nuestro adivino favorito, Wálter Machado, ha grabado para esta noche después de nuestro programa. Señoras y señores, con ustedes el quiromántico de las Américas:

–Sagitario, Sagitario: ten cuidado con la puerta que tocas hoy –proclamó con voz azucarada un hombre rubio y repolludo, vestido de reina de la baraja, o tal vez de diosa del Sistema Solar. Lo encontré parecido a Bezzant.

–Ay, Sagitario: has debido ser más selectivo en tus amistades. No culpes a nada ni a nadie por tus problemas actuales. Haz un examen de conciencia porque hoy vas a tener toda tu vida frente a ti, y ya tú verás lo que haces.

Se despidió mandando besitos volados a todos los sagitarios y anunciando su presentación de las diez de la noche.

¿Qué otras historias mías habrían descubierto? ¿Quizás mi amistad con los hermanos Vera de Guadalajara? Nos habíamos tratado como parientes aunque no lo éramos, e incluso me pidieron que fuera padrino de bautismo del hijo de Rigoberto. Pero nunca sospeché que mi compadre llegaría a ser uno de los primeros hombres de la mafia. En todo caso, eso había ocurrido hacía veintitantos años cuando trabajábamos en la cocina del Kentucky's, y desde entonces, no nos habíamos vuelto a ver.

Se me ocurrió pensar que al cabo de tanto tiempo, yo había dado un paso en falso y que, como les sucede muchas veces a los latinos que llegan alto, me había llegado la hora de caer. Tal vez ya había perdido la presidencia de La Creación y mi propia permanencia en el puesto que ocupaba.

Pero eso no era lo más importante del mundo. Que me dañaran no me preocupaba ya. Ahora quería saber si mis renuncias habían tenido sentido. Había renunciado a mi patria, a la mujer que amaba, a mi propia dignidad, a una forma de vivir y, en cierta forma, a todo lo que hacía mi identidad personal. Y también a todo lo que me parecía perfecto en este planeta. Es decir, a todo lo que ahora estaba viendo en el cuadro pintado: una mujer que todavía no tenía rostro en la puerta de una iglesia que estaba dentro de un poblado que se hallaba en medio del desierto que estaba en una franja larga y desgarbada que se extendía al frente del mar.

Miré con más fijeza el cuadro y la mujer tuvo en mi recuerdo un rostro y un nombre. Era Beatriz, y cuando la pinté, un poco antes de partir, tenía quince años; ahora, estará por los cuarenta y cinco y debe tener uno o dos hilos blancos, pero estará igual de bonita. Cuando nos conocimos, ambos éramos tan asombrosos que creíamos haber venido de una estrella, pero no fue la estrella de la felicidad. Su familia prohibió el romance por varias razones y, entre ellas, porque yo solamente era dueño de un hato de promesas. Por eso me marché a los Estados Unidos.

Pasados los tiempos de las papas fritas del Kentucky's, del reino ominoso de Brenda y de mi sensación de indignidad, volví a escribirle a Beatriz pero la carta me fue devuelta porque ni siquiera existía ahora la calle donde había vivido. Boyante hombre de negocios después viajé muchas veces por Chile, y más de una vez creí verla en una calle de Viña del Mar, en un parque de Santiago, en un bosque de Concepción. Pero también en Lima, en Cusco, en Bogotá y en Madrid, en todas las ciudades del planeta por donde pasara flotando un rostro bello y una mirada muy larga.

Dibujé su rostro en varios afiches publicitarios que se exhibían en todo el continente, pero nadie me dijo haber visto a una mujer parecida. Entonces me dediqué a soñar con ella. En mi sueño, ella estaba casada pero no era feliz, y también soñaba conmigo.

En nuestros sueños, nos escribíamos, nos llamábamos, nos mirábamos desde lejos, pero luego de una década imposible, ella me había rogado en sueños que fuéramos más comedidos y que hiciéramos caso a la luz del entendimiento. "Nuestros sueños son muy evidentes, ayúdame a no tener sobresaltos, necesito paz en mi corazón porque aún tengo que vivir", me había dicho, y en eso quedamos. Quedamos en querernos sensatamente. En no soñar el uno con el otro con demasiada frecuencia. En no morir de amor. En no morir.

Miré más atentamente el cuadro y me dio la impresión de que su figura no había desaparecido del todo. Es más, a medida que pasaba el tiempo, se tornaba más nítida, y parecía invitarme a entrar en el cuadro. Traté de continuar mirando, pero una luz me cegó. Eran los poderosos reflectores del estudio que le mostraban al mundo mi vida secreta, y la voz del maestro de ceremonias que se desgañitaba advirtiéndome que ya era hora de pasar a la tercera puerta. Otra vez fuimos interrumpidos por una tanda de comerciales, pero yo no tenía la posibilidad de verlos porque mi espíritu se había quedado en la puerta anterior.

El maestro de ceremonias insistía en que ahora debíamos abrir la puerta de la estatua de la Libertad, y esta vez, en lugar de las modelos de rodillas tristes, envió a dos ángeles en mi busca. Eran dos muchachas que hacían propaganda de alimentos para las aves, y quizás no habían tenido tiempo de quitarse las alas.

Pero advertí después que no llevaban solideo, esa aureola dorada que distingue a las personas sobrenaturales, y que llevaban el pelo cortado al rape, y comprendí que, en vez de ángeles, eran policías que venían a hacerme pagar mis pasadas cuentas: mi ingreso ilegal al país, el uso de un documento falso, el hurto en la tienda, mi antigua vinculación con personas asociadas a la mafia.

No había nada que hacer. Extendí los brazos para que me esposaran y cerré los ojos mientras esperaba, y los minutos se hicieron muy largos; el tiempo normal volvió a ser anulado. Antes de que llegaran los ángeles o los policías, quise echar una última mirada al cuadro, y ahora la vi completamente. Era Beatriz. Ella estaba en el cuadro y me esperaba para caminar juntos como lo habremos de hacer al final de todo esto, cuando nos haya llegado la hora. Pero tal vez la hora ya había llegado y, juntos, huyendo del infierno, ascendimos por caminos circulares y llegamos hasta la cima de una colina donde parecía terminar la vida.

Entonces entendí que por todo lo que durara la vida, de noche ella vendría hacia mí secretamente, acaso sin saberlo, acaso dormida, y yo caminaría con ella, tal vez dormido, tal vez sin saberlo, por todos los largos caminos de la noche y que, al revés de otras parejas, no vamos a estar juntos hasta que la muerte nos separe, sino a partir de entonces.

Llegamos a una cima, y en ese lugar, que era también un cementerio, nos detuvimos y pasamos quizás horas, quizás años mirándonos. Nos pasamos la tarde observando las bandadas de ángeles que, de hora en hora, llegaban en busca de almas, y después, ruega por nosotros los pecadores, María, madre nuestra, y danos amparo, nos acostamos sobre el pasto a dormir mil años mientras nos iban cubriendo las entreveradas aguas de la memoria.

Tal vez fue así, o tal vez el médico que se hallaba entre el público explicó a los presentes que me estaba haciendo un examen de fondo de ojos con una linterna eléctrica, pero que quizás solamente me había quedado dormido.

Junto al médico se hallaba Valcárcel, el mejor jefe de relaciones públicas del mundo. Estaba radiante:

—El gringo Bezzant se va a morir cuando termine de ver este programa. No sabe que lo hemos preparado íntegramente del principio al final para dar una imagen humana de usted. Es indudable que el directorio de La Creación ya tiene en usted un presidente. Oiga, me encantó el detalle de que se desmayara en medio de la función. ¿Se desmayó realmente? A propósito, ¿qué estaba pensando en ese momento?

Mientras tanto, el maestro de ceremonias no se pudo contener y corrió a abrir la puerta de la estatua de la Libertad.

–Esto es lo que lo ha estado esperando, Dante –gritó–. Aquí tiene un elegante Mercedes 2000, full equipo de calidad Liberty. Es suyo desde ahora, y aquí tiene las llaves para que pasee con los suyos por las playas de Miami. Prendan otra vez los faros del Liberty y apunten a los ojos de Dante para que no se quede dormido, para que no se desmaterialice y para que tenga tiempo de contar a los que van con él toda su vida y milagros en los Estados Unidos.

Este libro se termino de imprimir en
el mes de agosto de 2001
en Panamericana Formas e Impresos S.A.
Calle 65 # 95-28 Bogotá, Colombia
Impreso en Colombia - Printed in Colombia